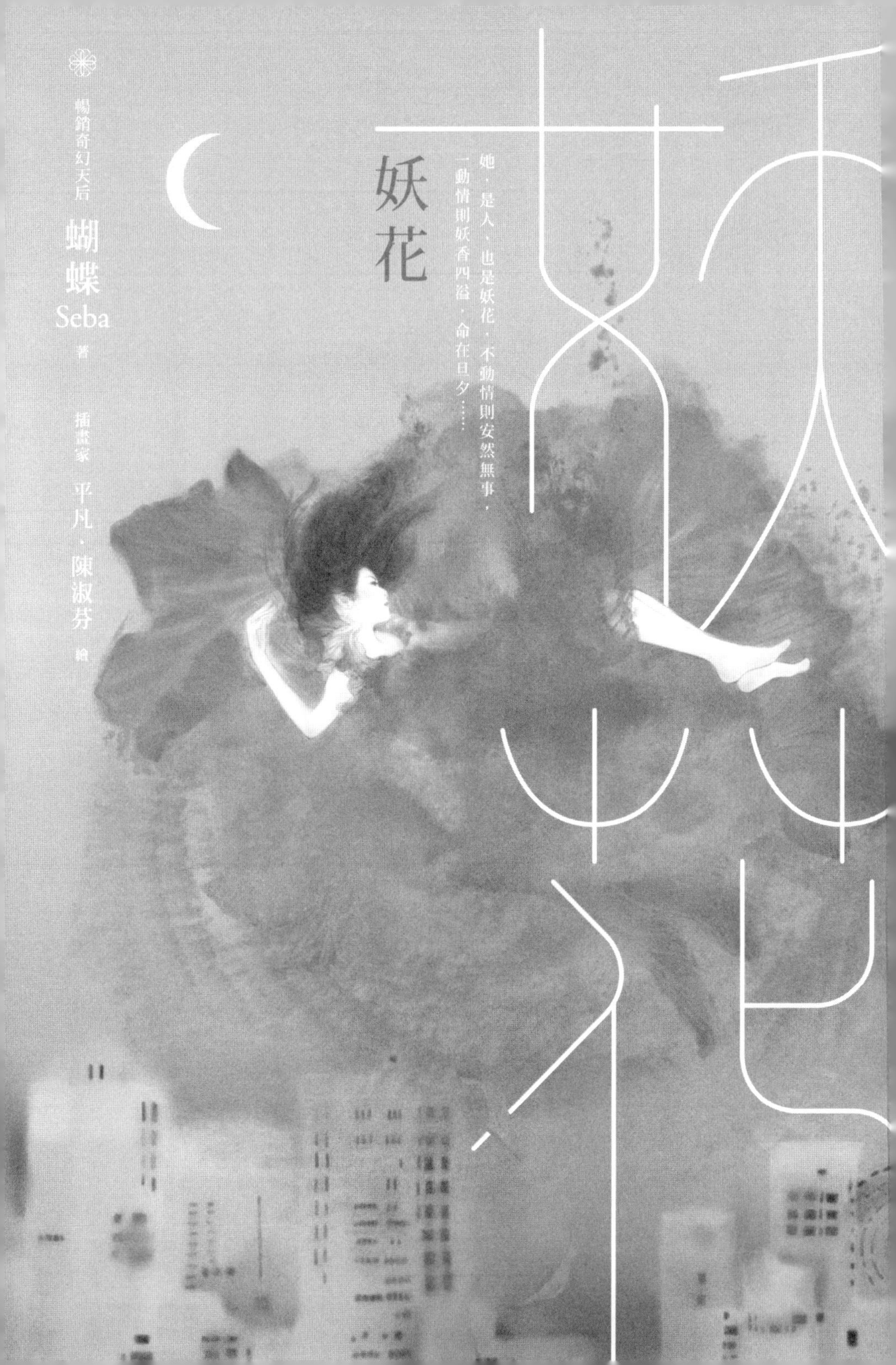

妖花

她，是人，也是妖花，不動情則安然無事，
一動情則妖香四溢，命在旦夕……

暢銷奇幻天后
蝴蝶Seba 著

插畫家 平凡・陳淑芬 繪

網友推薦

zoophycos（逸逸的雅雅）

還笙的愛，溫柔卻瘋狂；李甯的愛，壓抑卻犧牲；梵意、得慕和如是的親情與友情堅定且永恆，交織這讓人忍不住隨劇情又哭、又笑、又緊張、又感動的故事。

tsukineco（不過如此（♀））

人活於世，最痛苦，卻也最具有美感的，就是努力追尋屬於自己定位的那個過程，看著蝴蝶筆下的角色，跟著他們的遭遇而起伏情緒，在那瞬間，彷彿看到同伴一樣，是的，每個正在掙扎的人都不孤獨，這一切終究會有意義的。

Nereis（好無聊喔，我要電話聊♀）

看似平凡的結構卻有令人驚豔的辭藻而沉醉於其中，內容流暢有趣，在關鍵的時候總能引人深思而感同身受，與坊間迥異的寫作方式是特色中的特色，無怪乎總是吸引著無數的尋芳客前來朝聖這香氣遠播的蝴蝶。

jinging（hopeless）

愛是純粹的，散發著芬芳的氣息；每個人都期盼愛情，期待在愛情中感受到幸福的滋味。妖花，似乎就是人人所傾力追求的幸福代表，它是那麼甜美、那麼出眾；人人都想得到它，手段個個不同，卻都想嚐上一口甜美。

reddoll（紅豆）

在蝶姊的作品中，只要與妖異扯上關係的，大部分都顯示著，妖異比人有情；又或者是蝶姊筆下的妖異都比較有情，而且同族意識也較強，純熟的敘述功力，能在最快的時間將讀者拉至故事中，與主角們同喜、同悲；雖說是個好結局，但看到最後時，還是讓蝶姊騙走了幾滴眼淚，美好的結局總是讓人醉心。題外話，紫之上計劃真的不錯。

goldenchild0（只是想找人說說話）

看妖花的時候，一直覺得就像是被花刺刺著了。

在心上微微的疼，這麼痛著，居然感覺像是享受。

於是笑了，只有蝴蝶的文字有這魔力。

IceFeeling（不可以太貪心（G））

妖花，或許能媚惑心。卻有無比淨化能力。

真正的藥引，不是媚惑，是淨化，淨化貪念、罪嫌的心念。

回煉真正的愛情，真心綻放。

Feeanne（朔）

我喜歡蝶姊的文字，乾淨、簡單、卻有力，牽動人心；也蘊含了一股魔力，如同妖花美味的血肉一般會讓人上癮，一嚐再嚐。

我更愛蝶姊筆下的大小角色，不論是人是妖是魂，都比現實中的人們，還要來得有濃濃的人味和感情。而這也是蝶姊的故事讓我中毒的原因之一。不過也或許是故事，才能夠無視一切世俗的牽絆，隨性而行吧。

verchle（幽默不成　只好沉默）

蝶姊創造的結局很與眾不同。

女主角倘若再自私一點，往後，死在愛人的手裡或許也是一種幸福？

但是，她不要他終生悲慟，背負這種莫須有的罪惡。
最後的最後是蝶姊的仁慈賦予新生。
那，又是一個故事的開始了……

wani（小熊:)）

覺得相當有趣的一段：歷史上的名女人，其實都是妖花。很棒的想法，表達出了那種無奈卻又不得不堅強活下去的感覺。

jackal2002（疾神威）

在閱讀的過程中，時常不經意地想到這句話：「為愛絕美的綻放，為情壯烈地犧牲。」妖花這終其一生不敢奢求的夢想，又何嘗不是全世間女人的夢想呢？有時候愛情的結局不一定能像你我想像一般地美好，只是，不圓滿的結局，往往卻是從別的角度看起來最幸福的……不是嗎？

hmj728（潛水的秦草）

一直很喜歡蝶姊故事裡的設定，不論是言情還是奇幻，妳的設定總是奇特又有趣。即使像妖花中的李甯那樣，一出生注定了的悲慘宿命，蝶姊仍然給了充滿希望的未來。這是我最喜歡的部分了。

wbku（倦了。累了。但我想飛）

在閱讀妖花中，我為著膽怯害怕傷著他人的李甯，滿腹滿肚的糾結著。

其實愛人是一件很幸福的事情，但是受限制於其他因素下，造成因為「擔心自己所愛的人受傷害」而不能直接去愛，是一件很殘酷的事情。

在愛情的世界裡，誰不戰戰兢兢？誰不是害怕受傷卻又渴求著甜蜜的？每一對愛情的經營者，用著不同的方式去詮釋著他們的愛情，其結果雖不盡相同或理想，但過程卻可以引發旁觀者的共鳴。

violetcat（紫喵）

「只願為你開花，不願獨留你於世。」

^^b 我知道，比起各位投的稿，我真的是超簡潔。但是，看到妖花兩鬢的花苞時，以及最後跳樓時，心中就冒出這句話。蝶姊可能見笑了。

arushi（黑羽天使・月影）

在面對愛情時，每個女人都是妖花。只希望在那個人的眼裡心底，自己是最耀眼的唯一。

nightside（通過者）

蝴蝶的故事，無論寫的是言情或妖異，有意或無意，總是會在字裡行間透露出她對人們的「排異感」，和對女性的不合理目光，有股倔強的反抗。

像在問著，你們憑什麼這樣對我、這樣對她？憑什麼，我要被你們的目光宰割，被你們偏歧的想法左右，而失掉我作為一個人所能的獨然存於天地、坦然自在地活著不被輕蔑、自由笑著綻放著去愛人的權利呢？

njo6（梓君）

在塵世之中，最難理解，卻也最容易懂得的，就是愛情。

妖花大多在悲劇的宿命裡被烙印，而千年未竟的愛情之花，終於在這裡綻放，無懼凋零。香氣逐漸濃郁，宿命不停逼近；淚水潰堤的瞬間，其實只是想要永遠陪著你。

dwarf（C'est La Vie）

在夾帶著神怪妖異與生活化的鋪陳下，故事的步調是緩慢而無波的。

直到妖異的出現，地基主的傷痕，潛在的勾出了身為妖花的命運，就像所有妖怪都想吃唐僧肉那般的具有種吸引力。讓一個小孩，走到主角的世界，也悄悄的種下了愛的小豆苗。

seab（碧姬）

你身邊的人，真的都是人嗎？你確定？

在這個系列中，有個都城，都城有個管理者，平日中，都城就如同我們日常生活中的大都市，只是這個都市，居住了很多的「移民」，當然他們看起來也都與常人無異，只是，那只是看起來而已。（笑）

一般我們的印象，對於妖怪總是以異常的眼光來看待，但在蝶姊的故事中，妖怪有時候比人類還要安全的多了，至少他們都是真心的喜愛著人的。

而這故事就如同其他的蝶姊作品一樣，女主角總是搶眼的，但我正是因為這樣被蝶姊的故事吸引著。

ssaturday（消失的寂寞）

在此書中，我最喜歡的是蝶姊比喻周幽王VS褒姒。

在歷史層面中，都往往喜歡把過錯留給女人，例如紅顏禍水，君王無道，乞憐庇護的紅顏成了代罪羔羊。可是真正錯的是女人嗎？還是做了錯事的男人呢？

c1（cafe）

男主角叫傅還笙……是不是每個男生都要重生過，才會了解真正的愛情呢？（一笑）即使還生，但是飢渴和佔有慾仍然可以把一個純淨的小男生轉變成無名者那樣的惡魔，多少男性就這樣墮落，純淨的天性被慾望的無名者吞噬而蕩然無存。

所幸最後還笙醒悟出純淨的本性，即使來不及拯救李甯，但是仍然本著愛心讓傅甯重生了。辛苦的梵意、得慕和如是也會欣慰這樣的結局吧！（不

過明峰的圖書館館員被梵意搶走了就是XD）

crocodiles（虛偽者）

【開花的樹】

我只是一株植物。

靜靜的靜靜的佇立在時間的洪流與匆匆的人世之間。

默默的默默的看著時間與人世的流轉。

我以為我只是一株植物，我以為我只是。

只是，如同這萬千紅塵黃沙之中任何穩穩運行的生物，

卻為什麼這麼曲折坎坷？

人類想著年華想著芬芳，我卻藏不住淚光藏不了心傷。

bbqkk（ξ豈效窮途之哭ξ）

看完這篇故事，真的太痛了……

別說是妖花，各種甜美的，豔麗的，文靜的，平凡無奇的女人，包括我，在談戀愛的過程中跌跌撞撞，總是把絕大部分的錯攬在自己身上。好像男人所做的一切都不是他自己願意的，都是因為女人才會犯錯，或犯罪。直到很多年以後，才發現，當年的自己根本沒有錯，只是太傻。愛到卡慘死→這是所有朋友對我當年的傻下的註解。

衷心祝福所有女性朋友，都蛻變成梵意。懂自己，愛自己，生命是這樣堅強美好，女人也是有肩膀的。:)

catmon（你・在找什麼？）

「這個社會是寂寞的。」每回看著蝶姊的文總是有股說不出的感動，一道深深的寂寞揪緊了心，奈何怎樣也逃不了的看見了自己某方面的倒影。我們總是很難有勇氣去面對自己根深蒂固的恐懼，然而掙脫了枷鎖之後，每個女人都是最堅強的勇者。妖花的天賦引發了眾人的愛慾，縱然最終只能如星子般殞落，卻延續在無邊的花圃之中，故事的最終或許不是王子與公主從此過著幸福快樂的日子，但是等待著的未來卻有無限的希望。

smallzad

一個出生就注定要遭受到毀滅的種族，沒有任何強大的妖力，就是魅惑人心，很難有朋友，一生就想要隱藏自己，但這很難呀，想當平凡人，卻有著不能當平凡人的無奈；有想當人的決心，卻心有餘而力不足，其實我想到的是很多人都處於這樣的無奈。

yblack（麥麥）

一大早下班衝回家看《妖花》的我，在洗澡時想著該怎麼交這篇讀後感，卻突然地想到，也許愛情就是妖花，我們總是渴求著，卻在得到時因為過度的索求對方而毀滅一切。每個女人也都是妖花，都有那個會讓自己心動一生付出一切的那個人，不論是一時還是永恆。戀愛中的女人很美，不就是像妖花一樣地吸引著所有人的注目，那散發的愛情香氣，濃烈地讓每個人都想進入愛情。

Hsinyi（開始忙碌的加菲～）

每次看蝶姊的故事心中都會有「人人當自強」的想法浮現，每個人（或妖）都是獨立的個體，沒有誰比較脆弱，誰比較有能耐，無論男女老幼都是一樣的。

我佩服著書中每一個女性的角色，勇於面對與生俱來的特質。梵意、李甯都是那麼地勇敢，也許她們都曾經逃避過、害怕過而怯懦於這樣的特質，最終總是能堅毅的以行動來表達她們的心。身為人當如是！而女人在過去幾千年來的傳統中更是要能夠拋卻不必要的束縛，追求自己的人生。

desm（夜色猶存朝霧漫）

李甯身上的香味所帶來的困擾，就像某些長得漂亮的人，不確定自己得到的愛是否出於真心。但除此之外，李甯又多了一些，因為進入青春期而無法壓制的味道魅惑了養父，導致她心頭的陰影。很高興再最後一刻這陰影消除了。

creammy（又見地獄）

蝶姊曾說，妖花勾起心底的傷痕。

李甯和蝶姊胸口的痛也許相似，而蝶姊在書中仁慈地讓李甯重新開始，也給李甯和還笙再次機會。

由衷地希望不管是藉由妖花的付梓，或蝶姊心坎上的傷也在現實中重新縫補，都希望蝶姊能快快樂樂。

skyone（斑）

沒有心得交塗鴉可不可以？:P

http://www.wretch.cc/album/show.php?i=skyone&b=17&f=1120991689&p=0

其實應該有「沒有盡頭的花園」當背景這樣，不過原諒我不會畫花 orz

violetcat（紫喵）

http://file.cururu.net/data4/2005/7/11/74/f_1.jpg

獻醜了。功夫還是不紮實。（orz 作業都是改圖拉線混過去）

真的只是草圖，不像樓上地可愛，我還會再多多學習地。

楔子

其實，她一生下來就有記憶。

妖怪的孩子眼睛睜開就可以看到，一出生就可以聽到，半天就能覓食，一天一夜之後就可以行走。

但是她們比較不一樣，她們是妖花。

這種和人類非常接近、相似的植物系弱小妖怪，同樣有著漫長的嬰兒期；但是她也和其他妖花同族不一樣，她出生旋即睜開眼睛，從那剎那就有了記憶。

即使長大，她也沒有忘記母親的容顏。剛剛出生的她，注視著母親，那張平凡的臉孔卻有著潸然的淚水。

芳香。奇特的芳香飄逸，是一種讓人心神俱迷的香氣，仔細去聞反而沒有蹤影，只有在不經意間，才感受得到那種若有似無的誘惑。這誘惑讓平凡的母親在男人眼底成了絕代尤物。

這就是妖花。

「妳大概是我這生最後一個孩子了。」母親微笑著，淒絕卻甜美的微笑。「眞是好漫長的一生啊……妳的最後一個姊姊……死了，只留下我……」

母親啜泣，每一滴淚珠都是那樣晶瑩美麗，甜蜜，卻帶著致命的哀傷。

「身爲妖花，到底是怎樣的一種命呢？終生都得乞求短命的主人愛惜憐疼，沒人保護就得面對致命的每一天……柔弱無用的妖力，我們只是別人的食物、合藥的材料罷了。我不該生下妳，原諒媽媽帶妳來這個荒瘠可怕的世界……」

她很想說：**媽媽不要哭，我很感激妳給我生命**。但是她只是個小嬰兒，只能抬起黑白分明的眼睛盯著母親看。

這美麗的眼睛啊，讓她母親實在下不了狠心。

「不要當妖花，就當個人類吧！」母親咬破了自己的手腕，輕輕撫摸著她的頭，鮮血潺潺的、溫暖的流到她的頭上，順著耳朵，蜿蜒至背。「將妳的妖力封起來，也把妳的氣味封起來……願妳幸福，願妳如平凡的人類一般幸福……」

母親輕輕的哼歌，將她抱在懷裡，第一次也是最後一次，讓她嚐到母親的奶水。

她是個聽話的孩子。母親過世後，她讓一對沒有子女的夫妻收養，她一直是個乖乖的、不哭鬧的好小孩。她感激慈愛的養父母，卻也沒有忘記過母親的苦心。

她，是個平凡的人類，不當妖花。

第一章

沈梵意從電梯走出來的時候，又聞到那股淡淡的味道。

要怎麼說好呢？那種淡然的氣味其實很難分辨，勉強要形容，只能說是種「水」的味道。淡淡的、清澈的，水的醇厚氣息。

明明知道是那麼若有似無，但還是聞得出來，感覺得到。她瞥了一眼坐在櫃台忙碌的總機小姐，知道氣味是從那個方向飄出來的。

從這個新的總機小姐第一天來，她就察覺到了。

怎麼看，這位高中才剛畢業的總機小姐都是個平凡的女孩。她紮著俐落的馬尾，平常遮掩在長髮下的鮮紅胎記，變得很明顯、很惹眼。

那是很奇特的胎記。從額際蜿蜒到右耳，順著脖子延伸到領子裡面，平常垂著頭髮看不出來，一紮起馬尾就很觸目驚心。

總機小姐像是察覺到她的目光，有些不好意思的笑了笑，下意識的用手摸了摸脖子，「早，沈小姐。」

「早。」梵意漫不經心的在簽到簿裡簽名，「今天綁馬尾呀？」

「嗯。王小姐說……這樣比較清爽。」她依舊是靦腆的笑容，低頭繼續忙著手邊的審稿工作。

梵意意味深長地看了她一眼。是王夢鈴吧？編輯部裡幾乎都是女人，女人別的不愛，就愛搞小圈圈，王夢鈴又是當中最愛搞這套、最尖酸刻薄的一個。眞不知道哪來這種惡毒的心思，特別以別人的困窘和不幸爲樂。

眞這麼愛排斥新人，那就不要什麼工作都叫新人做，連新來的總機小姐都不放過——審稿是編輯的工作，不是總機小姐的。

想著，梵意卻神祕地笑了笑。最好王夢鈴早點醒悟……醒悟得晚一點，大概飯碗也砸了。只是，這還不關她的事情，她不想插手。

梵意瀟灑的走入辦公室，一半以上的女孩子熱情的跟她打招呼，另一半用著愛慕的眼光看她。

在陰盛陽衰的出版社，極具中性美的沈主編，成了這群思婚期女生的理想。

梵意很明白這一點，或許可以說，她善用這一點。所以讓她管轄的女孩子都服服貼貼，很少出大差錯。

除了老闆以外，誰也沒有意見。

「嘖，梵意，妳偶爾也穿條裙子。」衣著入時、妝點精緻的老闆時惠皺了皺眉，「天天打扮得像個帥哥，難怪妳手下的編輯沒一個想結婚。」

「結婚耽誤工作，還是不結的好。」她頂了回去，笑笑的接過老闆遞過來的咖啡。

這家言情出版社已經成立五、六年了，居然能在飽和的市場殺出一條血路，梵意和時惠的合作無間，功不可沒。

「別拐得別人也跟妳一樣不婚。」時惠笑笑，「夢鈴不是說她要結婚了嗎？什麼時候？最近她的工作情形不錯呢，推了幾個新人，實在有賣相，難道是人逢喜事精神爽？人整個機靈起來了。」

梵意哼笑一聲，「她哪天不嚷著結婚？她若眞的結婚才是出版社的福音呢！別說了，這次的對象五天就吹，至於工作嘛……嘿嘿嘿，老闆，妳要自己多用眼睛看看才好。」

「唔？」

梵意將咖啡一飲而盡，「咱們當初說好了，人事妳管，書呢，我管。管人事的要多用眼睛看看，不然等別人來挖角，結果挖的是總機小姐不是編輯，那不是尷尬了嗎？」

擺了擺手，梵意回去工作。

不出梵意所料，過了幾天，她們開始招募新的總機小姐，至於原本的那一個，則被調進來當編輯了。

是，她是很奸詐。但是一個厭惡人際關係的人，要她自己下達這種命令……謝了，她怕麻煩。像現在這樣多好？一切都如她所願，編輯們罵的是至高無上的老闆，受惠的是審稿像是裝了賺錢天線的總機小姐，和自己一點關係也沒有。

但是時惠卻把她塞給自己……梵意就有些頭疼了。

「李甯。這個字唸『寧』吧？」她看著時惠轉過來的履歷表。

「是唸『寧』沒錯。」她的聲音甜甜的，柔柔的，卻不卑不亢。這樣的態度很讓人喜歡。

「以後妳在我的部門，就負責第一線審稿。」梵意點了菸，「審完以後寫好審稿單，送到我這兒來，知道嗎？」

「是，我明白了。」她點了點頭。態度這麼篤定，像是一點問題也沒有。

但是梵意知道，問題可大了。

「她才高中畢業欸！而且不是北一女或中山，只是泰山高中欸！」王夢鈴氣呼呼的跑來抱怨，「總機小姐當什麼編輯？她懂什麼？就算要讓她進大辦公室，也該從助編開始。編輯?!我們怎麼可以跟她同個層次……」

這機會不是妳給她的嗎？若不是妳把自己該審的稿都丟給她，她想升上來還沒那麼容易呢！想是這麼想，梵意還是很空泛的安慰，「哎呀，老闆自然有老闆的考量，天意難測，哪知道她想什麼？大家都是同事，和氣點嘛……」

王夢鈴還是很不甘心的抱怨了很久，才甘願地離開。

梵意呼出一口煙，很高興她又渡過了一關。

沒人發現她多麼討厭人類。

✤ ✤ ✤

說起來，時惠這個老闆，算是很照顧員工了。

她們出版社在台北市的邊陲地帶，交通很不方便。時惠特別在出版社的同一棟大樓裡租了一層，隔了幾個小房間給編輯們居住。原本梵意也住在那邊，但是實在厭惡「有人就有江湖」的小圈圈意識，她乾脆搬到附近的套房住著，眼不見爲淨。

她知道李甯也住了進去。

對於這個小女孩子，她實在也沒什麼好挑剔的了。雖然才高中畢業，倒是把份內的事情做得井井有條；很樸素、安分，有種恬和寧靜的氣質，那種落落大方和其他女孩子的聒噪吵鬧實在很不相同。

但是，這個社會就是這樣，除非同流，不然只要有點特殊，就會被排斥。她實在不明白以王夢鈴爲首的那個小圈圈幹嘛這麼排斥她，尤其是王夢鈴，激烈到令人想扁。

雖然說可憐之人必有可惡之處，但是她默默觀察很久，實在觀察不出來，到後來根本沒有緣故，只是李甯靠近點都可以惹得王夢鈴大發脾氣。

「沒有爲什麼，我就是討厭她！」王夢鈴很理直氣壯。奇怪的是，其他女孩都附和的點頭。

或許是這種莫名其妙的排斥，引發了她遺忘已久的隱痛，所以才特別注意李甯吧！

這天，她心血來潮，藉故要拿份稿子，去看看李甯住得習不習慣。

客廳裡很熱鬧，所有的女孩子都圍在一起看電視、吃零食、談八卦，但就是沒有李甯。

她游移目光，看見李甯孤單的在飯廳看書。

「客廳比較亮。」梵意有點訝異。

李甯帶著歉意笑了笑，「不要緊。」

「太吵了？」梵意拿出菸想點，想到這裡禁菸，又把菸收起來，「那在房間看不好？」

「……我的房間沒有燈，也沒有插座。」她的歉意更深了。

梵意呆了呆。她在這裡住過，當然知道，那個唯一沒有燈也沒有插座的房間，是拿來堆雜物的儲藏室。那個儲藏室小到只能放一張床，連衣櫃都放不下，甚至連窗戶都沒有！

「……妳們讓新人睡儲藏室？」梵意的聲音大了起來，「會不會太欺負人了？」

客廳安靜了下來，妳看看我、我看看妳，沒人敢答腔。

「東西多了，原來的儲藏室放不下嘛！」王夢鈴鼓起勇氣搶白，「是她說沒關係的……」

向來笑嘻嘻的梵意變色了。她眼神凌厲地看著王夢鈴，看到她害怕得低下頭。

「去收拾妳的東西。」梵意再也不管什麼禁不禁菸，點著菸的手有些顫抖，「現在，馬上去！」

李甯看了梵意一眼，默默的站起來，回房收拾行李。這段時間梵意不斷抽菸，卻沒有人敢指正她。

等李甯收拾好了，她將菸彈入女孩們送上來的茶裡頭，「走。」

她知道自己不該發怒，事實上，她也很久很久沒發怒了；但是她生氣，她非常非常生氣，生氣到……幾乎想要打碎所有碰到的東西。

「難道妳沒有神經嗎？」她遷怒到李甯頭上，「妳不會跟我或時惠說？還是乾脆搬出來？就非得待在那兒被人欺負不可嗎?!」

「我沒有押金。」李甯語氣還是很平和，雖然聲音有些顫抖，「但是，我也沒有家可以回。」

梵意猛轉身，定定的看著她。李甯平凡樸素的臉上有種堅強和哀戚——飽受折磨的堅強。

「……押金我有。」梵意疲倦的抹抹臉，「我先借妳。我住的地方，隔壁的套房空了很久，屋主將鑰匙交給了管理員，我跟他說看看。在那之前，妳先住在我那兒好了。」

「會不會太麻煩妳？」李甯低下頭問。

「麻煩？不，一點都不會，我並不是在幫妳……」梵意喃喃著，「我是幫我自己。」

帶她回自己住處，梵意一直沒有說話。她的套房並不大，卻有張舒服的雙人床。她一直是個孤僻的人，來過她屋子的人一隻手都數不滿，連時惠都沒來過幾次。

爲什麼這樣將李甯撿回來？她自己也不明白。

不，說不定她明白。

等李甯洗好澡，各自蓋著被子睡好，梵意睜著眼睛，一點睡意都沒有。

「在我少女時代……」梵意開口了，「我也被欺負過。」

李甯看著她，睜大眼睛。

「看不出來？」梵意苦澀的笑笑，「大家都想留住青春，我是巴不得趕緊老。」

她的眼神晦暗，「誰想回那段不堪回首的少女時代？」

沒有爲什麼，也不是因爲什麼緣故，同學排擠她、孤立她、欺負她，說她「很臭」。

長大後，她一直都在抽菸，就是爲了掩蓋那種氣味——她自己也不知道是什麼的氣味。

「她們只是嫉妒妳而已。」不知道是說給自己聽，還是說給李甯聽，「因爲妳身上有股很吸引人的氣味。任何不相同都會被排斥，只是沒想到成人也是這樣幼稚……」她呼出一口氣，漸漸睡著了。

李甯的眼睛在黑暗中閃了閃，有些像貓眼。她默默的看著天花板上蜿蜒的水影，月光從沒有拉上窗簾的落地窗照進來。

「我知道的。」她輕輕的說，「我都知道。」

✤　✤　✤

李甯一直覺得，自己是個幸運的人。

這世上或許有許多不公不平，許多悲傷與不幸，但她很幸運的，都能夠遇到好人伸出援手。

比方說，她出生不久就失去母親，成爲孤兒，馬上就有善良的養父母，不嫌棄她身上可怖的胎記，將她撫養長大。雖然因爲某種不能說出口的原因，她必須離開養父母的家，但是這份養育之情，就該感恩不盡了。

雖然說這樣的胎記讓她在成長過程承受了不少異樣的眼光，但總會遇到善良的人鼓勵幫助，她對這一切，都很感激。

連迫不得已離家出走，她都能找到工作，甚至好心的總編還替她找了房子，代她墊押金，甚至成爲她的朋友……

這一切的一切，都證明她是個幸運的人，眞的沒有什麼值得抱怨的了。

懷著感激的心，她環顧看起來比實際大的套房。並不是房間大，而是她的東西少得可憐，除了房東附屬的書桌、書櫃、單人床，其他什麼都沒有。

但是她的陽台卻加裝了個懸吊式櫥櫃，還有個插頭，勉勉強強可以當個小廚房使用。梵意送了個二手的小冰箱給她，她又買了個電鍋和電火鍋，正式在家裡開伙了。

她最喜歡下班回家的時候，可以自己煮自己的晚餐，有食物的香味，就算是淒清的小套房，也有家的感覺。

在出版社被欺負、被排擠，心情再怎麼低落，只要想到那股香味，就可以打起精神來。

日子一天天過去，隨著王夢鈴出嫁辭職——終於讓她嫁出去了，她也在出版社待滿一年，不再那麼新人。

小圈圈的民意很詭異，今天朝東，明天朝西，欺負李甯久了也會膩。再說，欺負一個老是不以爲意的人，實在也沒什麼很大的意思。

她就這樣安靜平凡的安定下來。

「總編，我要回家了。」她探頭進梵意的小辦公室，「還有什麼事情要幫忙嗎？」

「不用了。」梵意總是抽著菸，「妳先回家吧！」

她和梵意並沒有成爲別的女孩那種「密友」。大部分的時候，梵意過她的日子，李甯過自己的，什麼喝茶、看電影、逛街統統都沒有。

但是她覺得這樣的關係很舒服。

就像這棟大樓給她的感覺。大家都努力過著自己的人生，可能互不認識，但每個人都是善良的，她喜歡這種「氣」。

進入管理室，她會聞到一股濃郁的檀香，她知道，那個學佛學得很虔誠的管理員來當班了。他的虔誠和守護的心，除了將壞人擋在管理室外，也讓「壞東西」進不了大門。

當然，偶爾也會有奇異的「異類」趁那個管理員不在的時候進入，那麼，電梯或樓梯間就會充滿野獸般的氣味。但是不用擔心，就像相生相剋是天地的至理，就算是「壞東西」進得來，相對的，一些友善的、溫柔的「好朋友」也會高興的降臨。

就像是她住的三樓，電梯出來的那一戶人家，家裡像是很受「好朋友」喜愛，有種甜甜蜜蜜的香氣，讓人很歡喜心安。

住了一陣子，她才知道那是位年紀很小的「地基主」，害羞的小地基主有雙水汪汪的大眼睛，年紀大約七八歲。她很喜歡隱身守在門外，無聲的跟電梯出入的人們打招呼，那好像是她唯一的樂趣。

發現李甯看得到她，她害羞的躲了好幾天，確定李甯是個友善的朋友之後，她才怯生生的接受了李甯供奉的甜食。

她很愛吃金莎，更喜歡李甯用金莎的包裝紙做成的金色玫瑰花。她幾乎每天都巴望著李甯下班，害羞的收了她的金莎和玫瑰花，這才滿足的結束一天的守候。

就因爲她善良的守候，這層居住了無數外地人的套房小社區，才一直平安順遂。

但是這一天，那甜蜜的香氣褪得只剩一些些，更強大、更濃郁的氣味籠罩整個三樓走廊。李甯幾乎不想踏出電梯，因爲那種氣味實在太可怕了。

*恰里。*她在心裡輕喚，*妳還好嗎？*

小地基主掩著臉出現了，抬起頭，就見她可愛的小臉被抓得見骨，水汪汪的眼睛裡盛載著滿溢的恐懼。

只有含著金莎，拿著玫瑰花的時候，她才出現一絲微弱的笑容。

李甯不忍心的摸著她的頭，恰里輕輕嘆息一聲，臉上的傷痕慢慢的痊癒。

「我好害怕。」第一次聽到這害羞的小女孩說話，「小心點，姊姊……」她消失在門裡，大概要養很久的傷。

李甯咽了咽口水。她是遠比地基主還弱小的妖怪，她的能力在於強大的魅惑……但這最後的能力讓母親用盡生命封印了。

她不認爲，她一點點都不認爲自己有能力和住進來的「妖異」相抗衡。

僅僅走在走道，她就覺得噁心、想吐，強烈的想要逃走，但是離開這裡，她又能去哪裡呢？

她鼓勵自己，加油，再三公尺……一公尺……兩步……就可以到家了。

越接近家門，那個可怖的味道越重，像是腐屍糾纏著強烈花香的氣味，她頭痛，她頭好痛……

抖著手，她不敢看對門。強烈的噁心味道就是從那邊「漏」出來的。

當她終於打開房門，轉身的那瞬間，她看到一個少年，正試圖打開那個門……

等她清醒過來，她已經扳住那少年的肩膀了。

那少年有張清秀到不可思議的臉龐，卻充滿了戒心和不信任。「幹嘛？這是妳家？」

她勉強在這股濃烈惡臭中保持清醒，「……不是。應該也不是你家吧？」

「當然不是。」他狐疑的轉頭看著，「眞是臭死人了，我被薰到頭痛了。」他開始敲門，「喂，你們在裡面放什麼？該不會有人死在裡面吧?!」

爲什麼人類可以聞到這種味道？這是不可能的……李甯忍住劇烈頭痛，道：「別敲門，快離開這裡……」她只是個封住妖力的弱小妖花，實在抵受不了這種侵襲了。

下一秒，她臉朝下，筆直的倒向地板……

「喂！妳怎麼了?!」少年看起來纖細，腕力卻很驚人的將她抱住，「妳不要緊吧？怎麼突然昏倒？妳家住哪兒？」

李甯已經沒辦法說話了，只能指了指開著的房門，然後……昏了過去。

少年吃驚了，一把將她橫抱起來。這個姊姊還眞輕啊，而且她身上有種令人舒服的、清澈的味道。

聳了聳肩，他將李甯抱進房裡，關上了大門，也把那股令人憎惡的味道關在外面。

這個時候，那溢出惡臭的房門打開了，一雙泛著青光的眼睛，悄悄的望了出來。

第二章

「嚇！」李甯從惡夢中驚醒，身邊的少年沒好氣地看著她。

「妳是睡夠了沒有？我第一次看到有人因爲惡臭昏倒的，妳再多昏一些時候，我就要叫救護車了啦！」少年很不耐煩，「沒事吧？沒事我就走了！」

她寧定心神，「抱歉，給你添麻煩了……我沒事。」她掙扎著坐起來，房外卻傳來一陣陣敲門的聲音，那股惡臭居然連門都擋不住，透過門縫侵襲進來。

……追來了嗎？

少年沒好氣的站起來，「要命，臭成這樣……是誰啊？」

沒有回答，只有一陣陣像是喘息的聲音。

「變態啊?!敲門又不出聲！」少年想開門，卻讓李甯塞到身後。

「……別過來。」她儘管害怕，還是顫著聲音對門外的東西說，「走開。」

門外的喘息更濃重，夾雜著像是狗吠似的興奮笑聲，連少年都覺得寒毛豎了起來，更不用提李甯抖得幾乎站不住。

看她這麼害怕，少年的男子氣概都爬起來了，「就是個臭死人的變態，需要這麼害怕嗎？我去把他趕走……」

「不！不要！」李甯尖叫起來。

門外明顯是個剛出生不久的妖異。

沒有理智的妖異和高智能的妖族不同，牠們除了滿足口腹之慾和貪婪求生的意念，是什麼也沒有的。牠們什麼都吃，尤其是人類和妖族。

特別是她……一株妖花。

來不及阻止，少年已經握住門把，就要打開來——

「不行！」她絕望的叫著，強忍住劇烈的頭痛想將少年拉開，門外卻傳出驚慌失措又憤怒的尖銳叫喊。

門把在冒煙。少年嚇得將手放開，只見白煙冉冉而起，整個門像是要蒸發了一樣。

「可可可惡……」門外的妖異發出痛苦的咆哮，「可惡……可恨的死而復生者……」慘嚎著像是受了重創，妖異飛奔而逃，巨大的關門聲在整個三樓迴響著。

原本冒著白煙又模糊的門恢復原狀，像是什麼事情都沒發生。

牠走了？李甯腿一軟，跪坐在地上，不知道外面發生了什麼事情。

少年的臉孔蒼白而嚴肅，「喂，妳認不認識那傢伙？」

李甯無法開口，只能顫巍巍的搖搖頭。

「……一定只是個變態而已。」他伸手將李甯扶起來，很兇的搖著她，「聽到沒有？就是一個變態。妳沒有聞到奇怪的味道，也沒有感受到什麼奇怪的地方，知道嗎？妳絕對不可以害怕也不可以亂想，知道嗎？」

這孩子知道發生什麼事情。他只是個人類吧？怎麼會知道……

「我最討厭這種事情了。」他咕噥著，「真是討厭，麻煩死了……」他很熟練的從書包裡掏出一小包白色的粉末，在門縫撒了一行。

那是淨鹽吧？這孩子到底是……

「妳餓不餓？」少年老氣橫秋的問，「我出門買東西，要不要順便買妳的份？妳先別出門，那個鬼……呃，變態，對，那個變態可能還在附近徘徊，妳別隨便出門去，我去買好了！」

「我自己做飯。」李甯依舊覺得這孩子不可思議，「你要吃嗎？只是沒幾個菜……」

「我要吃。」少年從書包裡掏出書本和作業，「我很餓了。」

雖然這麼詫異，李甯還是站起來去做飯，那少年皺著眉寫作業，看起來和別的中學生沒兩樣。

這點她可以肯定。這個少年也不過是個一年級的中學生，他的課本告訴了她這點。

但是他怎麼能夠這樣泰然自若，像是司空慣見呢？

半個小時後，她端出了飯菜，少年沉默的將桌子清理乾淨，接過飯碗就埋頭苦吃。

「好吃嗎？」她沒有胃口，看他吃得這麼香，也頗感安慰。

「嗯。」他滿嘴的飯，「我姓傅，傅還笙。妳呢？」

「李甯。」她用筷子在桌子上虛寫。

還笙點點頭，繼續沉默的吃飯。不知道是還在發育中，還是眞的餓了，他吃了三大碗飯還意猶未盡。

「只有三個菜……」李甯有些歉意，幾乎都是最簡單的，一個瓜仔肉、一個燙青菜、一道蔥蛋。「要喝湯嗎？我去端……」

「我自己去就可以了。」

還笙老實不客氣的又喝了大半鍋的湯。

吃過了飯，他很俐落的將碗盤收一收，就拿到陽台開始洗了起來。

「呃，碗盤放著就好……」李甯尷尬起來，她已經很久沒和人相處，這孩子太過泰然自若反而讓她不知所措。

「妳煮飯，我洗碗，不是應該的？」他快手快腳的洗碗盤，「我跟我老爸就是這樣。妳忙妳的，不用管我。」

洗過碗盤，他又很理所當然的坐下來繼續寫功課。

他，是擔心那隻妖異對她不利吧？果然這世界上充滿了好人呢！

還笙一直陪她陪到十點，功課做完了還沉默的打了一會兒的GameBoy。

「我老爸要下班了。」他站了起來，「我得回去了。」

握著門把，他又有點放心不下，「晚上別亂跑。那隻鬼……我是說，那個變態，搞不好盯上了妳。」他像是在自言自語，「那是個很高明的『變態』啊，居然知道我是死而復生者……」

「那是什麼意思？」

還笙看了她好一會兒，有些煩躁的搔搔頭，而後抬起自己的頭，讓她看頸子，「瞧？是不是有一條烏青？這可不是胎記。」他笑了笑，「我生下來的時候就死掉了，被臍帶勒死了，為什麼會活過來……大概是醫生太厲害了吧！」

但是，他還眞不知道該感謝那個醫生，還是該怨他。自此之後，他就踏在界線中間了。

他看了一眼這個平凡卻又吸引人的「姊姊」。眞糟糕啊，這種型的剛好是那群鬼東西最喜歡的……他不要再看見任何悲劇了。

「不要亂跑。」他殷殷囑咐，「這世界上沒有什麼怪東西。妳不要相信自己的幻覺，那種不存在的東西，都是幻覺而已，懂不懂啊?!」他兇了起來。

「嗯，我知道了。」李甯看著這個不可思議的少年。

「……明天我還要吃瓜仔肉。」他低了頭，道：「我會再來的。」

她呆呆的坐在空無一人的房間裡，卻覺得充滿了那個少年的氣息。

✤ ✤ ✤

第二天，她懷著恐懼又忐忑的心情出門上班。

她知道白天是沒事的，夜晚來臨時呢？到時候她該怎麼辦？昨天是僥倖，僥倖初遇的少年幫她熬過了一劫，今天還能這麼順利嗎？

那隻妖異不會走的，知道對門就有美味至極的食物，牠不會走的……

她心神不寧，恐懼盤據在心頭揮之不去，她下意識的摸了摸脖子上的「胎記」。她知道，封印弱了，母親付出生命換來的封印已經變得微弱了。

隨著她年紀的增長，妖力漸漸甦醒，封印已經快要克制不住了……她的身體漸漸的發散出一種氣息，每天都要洗上兩三次澡好清洗掉那種味道。

那種讓男人心魂蕩漾，令女人妒恨的味道。

她是人類，對，她是人類。她吃人的食物，過人類的生活方式，藏身在不自覺妒恨她的女人之間，就因爲她想當一個人類。

這是母親傾盡所有生命的願望，也是她的願望。

但是，爲什麼她就像無知的花朵一樣，會引來名爲「妖異」的巨大蒼蠅呢？她一點也不想要這種宿命……

「妳臉色很差。」梵意觀察了她一下，「妳要不要先回家？」

聽到「回家」這兩個字，她瑟縮了一下，「……我沒事。」

梵意抽著菸，研究似的看著她。「有什麼事情嗎？」

她搖頭，又遲疑的點點頭，「主編，我們家附近搬來了一個……有點奇怪的人。」她不知道該怎麼解釋，「請妳小心。」

「妳對門那個嗎？」梵意點點頭，「我在管理員那邊遇到他，給人的感覺很不好呢！他怎麼了？騷擾妳？」

他想吃了我。李甯咽了咽口水，「總之，他怪怪的，主編小心一點。」

「妳也是。」梵意輕拍她肩膀，「進門前要注意自己四周，單身住在外面一切都要當心。有什麼事情，趕緊打電話給我，我就住在妳隔壁而已。」

李甯勉強笑笑，她很感激梵意的善心，但是……若真的出事，她不會吭聲。沒必要讓無辜的人一起送命。

懷著非常沉重的心，李甯下班了。

抱著大疊的稿子回家，雖然沒幾步路，她卻走了很久很久，看著像是籠罩在黑霧中的大樓，她突然羨慕其他人，那些眞正的人類。

看不到、感受不了，或許才是眞正的幸福吧！

「妳好慢喔。」才踏入管理室，李甯就被嚇得跳起來，回頭一看，把書本、作業攤在管理室茶几上的還笙很不滿意，「妳都這麼晚下班？」

她看了看鐘，剛好六點半。「還、還好吧？」

「我餓死了。」還笙抱怨著把書本收入書包，「今天有瓜仔肉嗎？」

「……有。」

他是……他在等我嗎？原本沉重的心突然放鬆了，居然讓她有些想哭。

「妳還在發什麼呆呀？」還笙按著電梯叫，「我快餓死了啦！」

她應了一聲，抱著沉重的稿子奔進電梯，還差點摔了一跤。

「喔唷，這麼大的人了，還摔倒喔？」還笙趕緊扶住她，老實不客氣的把大包沉重的牛皮紙袋接過去，「我來拿啦！受不了妳欸！」

可怖的惡臭還是在三樓飄蕩著。這棟大樓都是套房的格局，出了電梯就是長長的走道，燈光比過去都昏暗許多，像是籠著黃霧。

今天地基主沒有出來。可能眞的傷得很重。

李甯畏怯的站在電梯口，覺得頭痛欲裂，只想轉身快快逃走，還笙卻伸出手，緊緊握住她，堅定的牽著她往前行走。

「我眞的很餓很餓了。」他不斷的強調，「不要磨磨蹭蹭的！喂，妳幾歲了啊？怎麼膽子這麼小？沒有東西啦！什麼都沒有，如果妳看到什麼，那也是不存在的！知不知道呀……」

等進了房門，李甯呼出一口氣，覺得筋疲力盡。「我想搬家。」

「不行！」他反應意外的激烈，「妳搬家了我就保護不了妳！我不要再看到……」

「你看得到，對不對？」李甯抬頭看他，「你……」

還笙跳了起來，「我什麼也沒看到沒聽到也聞不到！妳不可以肯定『他們』的存在，肯定了就會害怕，一旦害怕什麼都完了！只要有我在，什麼也傷不了妳！聽到了沒有？聽到了沒有?!」

過去沉睡的傷痛，又甦醒過來提醒他，提醒他這個「死而復生者」，曾經有過怎樣的慘劇，他知道卻沒來得及阻止。

宛如惡夢般的眞實……就在樓梯口，他看到血泊，看到就要跟老爸結婚的李姊姊，殘破不堪的李姊姊，還有那隻鬼東西……

他明明看得到，明明感覺得到，卻一再否認自己的能力，明明知道那種鬼東西跟著李姊姊，他還是不斷的告訴自己是幻覺。

如果跟著李姊姊就好了……他早點承認這就是他的世界就好了……

當他狂叫著衝上前去，他才發現那種鬼東西是怕自己的，但是一切都來不及了，只留下滿地的血泊，李姊姊的屍體不見了。

她就這樣失蹤。誰也不知道她死了，被那種鬼東西殺了、吃了。

「這不是你的錯。」李甯怯怯按住他的手，「那時候……你還是個小孩呀！」

還笙清醒過來。欸？難道他不自覺地說出來了嗎？他有些狼狽的把手抽出來，「我從來不是小孩。我死過了，妳忘記了嗎？我出生的時候就死了。」

李甯卻哭了，這讓還笙更心慌。她……是爲他哭嗎？他不禁有些心煩，「我餓了，很餓很餓了！」他突然發起脾氣。

默默瞅了他一會兒，李甯站起來開冰箱，準備做飯。

聽著她在陽台忙來忙去，還笙有些後悔。他不該亂發脾氣的，李甯又沒要求他這麼做，他這麼做也不是爲了要救李甯。

而是想救自己。

李甯探出頭，「嗯……我十九歲了。」笑了笑，又回到陽台的克難廚房繼續努力。

還笙呆了一下，想到在電梯的時候不經意的問話。「還眞看不出來。」他攤開課本和作業簿，「我十四歲都比妳成熟欸！快點啦，我會餓死……」

李甯聽著他的抱怨，唇角噙著一個寬容又美麗的微笑。

✤ ✤ ✤

飄蕩的惡臭一直沒有離去，但是李甯也沒有搬家。

雖然她畏懼新搬進來的「鄰居」，但是還笙還守著諾言，她實在找不到任何搬走的理由。

再說，她也漸漸習慣還笙的陪伴了。

大體上來說，還笙比同齡的孩子早熟、沉默。他自幼就生長在單親家庭，沒有什麼跟女性相處的經驗，跟她說話都是粗聲粗氣的，但是她知道，他只是在掩蓋自己的不好意思。

雖然兩個差不多沉默的人幾乎沒說什麼話，但是卻對這種安靜的互相陪伴很滿意，甚至有些依賴了起來。

大部分的時候，還笙安靜的寫功課、念書，李甯就在旁邊看著稿子、校對，即使只是國中生，功課還是很重的，還笙又是個性認眞的孩子，常常念著念著，就疲勞的趴在桌子上睡著了。

剛開始，李甯很不知所措。叫醒他？他明明這麼累。不叫他？等他清醒會暴跳如雷。

後來她會拿條毯子幫他蓋著，然後半個小時後叫醒他。

「完蛋了！我怎麼又睡著？」他會慌張的跳起來，「我睡多久?!」

「半個小時而已。」李甯撫慰的拍拍他，「別擔心。」

「我去洗把臉……」他咕噥著，「都是妳家桌子不好，看到就想睡覺。」

聽他這樣說，李甯都會想笑。無意間瞥見鏡子裡自己的臉，李甯有些怔住了。

她已經快忘記自己多久沒有眞心的笑了。

她……笑了嗎？

一直以爲，從養父母的家中逃走，她這生將孤獨到死亡那天。小心翼翼的對自己的祕密緘默，小心翼翼的讓自己更像人一點，她不跟任何人深交，即使是梵意也保持著相當的距離。

但是這個意外闖進來的少年，卻誓言保護她，也一直在她身邊陪伴著，她像是有了家人一般。

這是個……很美麗的意外。

她又下意識的摸了摸自己的「胎記」。

還可以吧？還能夠維繫下去吧？她只要不愛上任何人，就不會破壞這個封印，只要不破壞這個封印，她就可以在還笙長大之前，還保有這個「家人」。

直到還笙會被她的微漏的「氣味」影響之前……都還會是她的「家人」。

她雙手合十，卻不知道該祈求哪個神明。慈悲的神普愛世人，包不包括她這株想當人的妖花？

惶恐的低下頭，她不願意再想下去。

第三章

回家的時候，還笙有點心不甘情不願。

應該說，他已經很習慣和李甯相處的時光，冷清清的家裡顯得很沒有吸引力。雖然同樣沒什麼人聲，但是有個人可以沉默的陪伴在身邊是多麼好的感受。

不過老爸快回來了，他若不早點回家，被發現在外遊盪，他那年輕的老爸可是會發飆的。

但還笙還是慢了一步。他老爸扠著手，拉長了臉，怒問：「喂，小夥子，都快十點了，你跑去哪兒風流了？」

「我又不是你。」他沒好氣的回答，「抱歉喔，你的『優良風流基因』我沒遺傳到。」

「你這小子欠打啊?」他老爸扳了扳手指,「連你老爸都敢損?小心我揍你喔!說啦,跑去哪兒玩了?」

「我去四十號的姊姊家做功課啦。」還笙輕描淡寫,「不然你出錢讓我補習?」

「怎麼可以隨便去打擾人家?」傅爸爸一把扭住他的耳朵,玩笑的成分居多,「念那麼多書幹嘛?小孩子就是要健健康康、活活潑潑的長大啊!學校的功課做完,該念的書念一念,就算不念也不會怎麼樣,只要能養活自己,不要爲非作歹就謝天謝地啦~~你以爲老子還指望你養喔?補什麼習?浪費時間生命……」

還笙扁著眼看著老爸囉唆,心裡輕嘆了一口氣。就是這樣,他才會想趕在老爸之前回家的……

「那個姊姊漂不漂亮?」好不容易唸完了經,傅爸爸很感興趣地問,「幾歲了?做什麼的?有沒有男朋友?你老是去打擾人家,做老爸的也該去打聲招呼……」

「吼～～不要把你的魔爪伸出來！」還笙一個飛踢，「你那兩大卡車的女朋友還不夠啊？拜託趕緊選一個，每次都喊錯名字我很尷尬欸！」

傳爸爸嘿嘿的笑，輕輕鬆鬆化解了他的飛踢，還把他摜在棉被上。「不肖子，養你這麼大，幫老爸掩護一下也不肯。你是故意喊錯名字的吧？結果害我吃了個火辣辣的鍋貼，巴掌印兩天都消不了，這個帳我還沒跟你算呢！」他很樂的捲起袖子，準備好好的享受「天倫之樂」。

吼～～他已經上國一了，老爸還喜歡用鬍碴在他臉上磨蹭，眞是受不了的酷刑啊～～

「老爸，你很變態欸～～」他拳打腳踢的掙扎，「我不是小孩啦！拜託～～」

正玩得不可開交的時候，電腦輕輕的發出響聲，他老爸一個箭步，滿臉癡笑的打開了MSN。

還笙翻了翻白眼。眞不知道爲什麼，他身邊的大人一個比一個孩子樣，他這可憐的國一生，反而是當中最成熟的，眞不知道是什麼命喔……

他翻身看著自己唯一的親人，眼中露出稀有的溫柔。

眞不知道老爸受過那麼多傷，怎麼還是對「戀愛」這件事情這樣樂此不疲，屢敗屢戰。他不懂的事情其實還很多，尤其不懂他這樣年輕的爸爸，爲什麼堅持要把小孩留在自己身邊。

他老爸和老媽高中就結婚了。想也知道，是奉兒女之命成婚的，那個倒楣的小孩就是他本人。

當時他老爸十七，老媽十八，眞像祖母常講的，小孩生小孩。

當時事情鬧得非常大，大到少年爸媽都休學了。休學沒多久，老爸接到了兵單，只好放下還沒出生的孩子和剛結婚不久的小妻子，高唱從軍樂去了。

但是他對母親卻一點印象也沒有。他才滿月，他那年輕的媽媽就毅然決然的離婚，回家當乖女兒，重拾課本，開始她自己的美好人生。

雖然從小祖母就對他叨唸母親的種種不是，但是看看祖母對嬸嬸、伯母的惡劣態度，當眞豈不是太傻？不過作爲一個成熟的小孩，他倒沒把這些話說出來。

可能是出生就死過的關係吧?他比一般的孩子早慧,也比一般的孩子沉默。他默默的看著大人的爭執和眼淚,等他更大一點,也學會詫異父親的勇氣。

一個年輕孩子,二十歲剛滿呢,就有勇氣跟父母親對抗,堅持要把他帶在身邊。老爸幾乎是一退伍找到工作,就把他接出來一起住了。

「你是我的孩子。」年輕的爸爸充滿勇氣,「是好是歹我該爲你負責到底,不應該依賴別人。」

就爲了父親的這種決心,他一直願意當個乖孩子,就算他是個馬虎的老爸,常常忘東忘西,對他的照顧實在是……但老爸眞的盡力了。

他不在乎老爸總是很晚回家(除了努力工作還要把妹妹,眞的是很忙),他也不在乎老爸對家事有多低能——十歲他就開始管家了,坦白說,他照顧老爸還比較多——在他眼中,他老爸已經很完美了。

若是女朋友可以再少一些,那就更完美了呀~~

身爲工地主任,可以接觸的女孩子算很少了吧?但是他可以把遍佈工地方圓十里內的所有女性，從十八到三十八歲都不放過，這也就算了，連回家都把握少到可憐的時間，在網路把妹。

眞是浪費生命……還笙扁眼看著對著螢幕傻笑的老爸。

長大一定不要變成這種男人！

「……老爸，老爸！你要聊到多晚都行，能不能請你先洗澡？」還笙對著一臉呆相的老爸嚷，「你不洗澡我怎麼洗衣服？再不洗你沒襪子穿了……」

他老爸像是趕蒼蠅一樣揮手，「你先洗啦，別吵我，現在正是重要的時刻……」

把妹還有重要時刻喔？還笙垮下雙肩，突然覺得立場有點顚倒。到底誰是爸爸誰是小孩？他看著天花板，深深的嘆了口氣。

等他洗好澡，把頭髮都吹乾了，他老爸的「重要時刻」還沒結束。

「我說，老爸，你再不去洗澡，我就不管你的衣服了。你自己洗吧！」他板著臉，將滿滿一籃的衣服拖到陽台去。

「喔唷，這麼晚洗衣服會吵到人家欸！」他老爸抱怨著，依依不捨的打了幾個字，「等我一下啦，不肖子。」

這個倒楣的不肖子在拖地板啊，臭老爸……

還笙嘆著氣，將他老爸脫了一地的衣服撿起來，還要穿的掛好，要洗的扔進洗衣籃。他和老爸住在一個套房裡，雖然不大，好處是打理起來很快。身為單親家庭的孩子是沒有撒嬌的權利的。

尤其是他還有個需要人照料的小爸爸。

等他整理好房間，瞥了眼電腦，發現有個對話框跑出來。

嗨，你叫什麼名字？發訊息的人叫作「得慕」。

這名字他聽說過，老爸正在把的妹不就這個名字嗎？難道她不知道老爸的名字？

他望一下浴室，只聽到嘩啦啦的水聲。老爸的壞習慣之一就是，進去浴室像是準備洗到溺死一樣。

我問你呢，小朋友。你是立擎的小朋友吧？得慕還放了個笑臉符號。

這個妹……不不不，他是說，這個小姐好生奇怪。不知不覺，他坐了下來，開始打字。我哥提起過我？

噗，是你爸爸吧？為什麼說是你哥？

知道他有小孩，老爸就把不到妹了……不不不，我是說，追不到女孩。

很神奇的，他和這位「得慕」聊了起來。雖然透過冷冰冰的螢幕，他卻感覺很親切，有種奇怪的熨貼感。不知道為什麼，他不但告訴了得慕他的名字，也告訴她了許多許多，連最近出現在大樓裡的「鬼東西」都說了。

你說惡臭？得慕很仔細的問：怎樣的臭味？像死老鼠呢？還是像是東西壞掉？別人也聞得到嗎？

為什麼他連這個都說了？還笙呆了呆。但還是不由自主的回答：除了一個姊姊以外，好像沒人聞到這股味道。

我懂了。得慕輕笑。

爲什麼望著螢幕知道她在笑?還笙突然有些害怕。

別擔心,應該很快就會消失了……

妳怎麼知道?妳到底是誰?還笙想問,卻被他老爸一腳踹下椅子。

「哇靠,居然趁你老爸洗澡偷把老爸的妹?!要把妹等你身高破一百八啦!連老爸的妹都敢把,不想活啦!」

誰想把你的妹啊,還是這樣古里古怪的妹,要把也把……也要把……

他腦海突然出現李甯靜謐的容顏,和她身上那股清澈淡然的氣息。

哇哇哇~~他在想什麼?想什麼啊~~

他的手胡亂揮動,像是要趕走那些胡思亂想,紅著臉扛起滿籃的髒衣服,嘩啦啦的往陽台的洗衣機倒。

他果然是那笨蛋的孩子嗎?在他身邊的女人就想把?啊啊啊~~我不要啊~~

「很晚了,別在陽台鬼叫好嗎?」傅立擎投過來奇怪的一眼。

「我不要像你啦!」還笙對著他老爸揮拳,「我才不像你生冷不忌,老嫩統統來呢！」

「臭小子，你對我是有啥意見？」他老爸手裡忙著把妹，嘴巴還不停的罵，

「像我有什麼不好？你說清楚啊～～」

說得清楚他就不會這麼無力了。

「唉，我不要變成那種男人啦……」還笙哀怨地趴在洗衣機上哀嘆。

✤ ✤ ✤

第二天，還笙依舊在管理室等李甯回家。

看到李甯撐著小藍傘走進來，襯著一身雪白，他不知道爲什麼突然臉紅了，心跳個不停。

他在神經啥？不是天天見面嗎？都是臭老爸啦，什麼把妹把妹，他跟李甯才不是那種關係！

就、就是……就是天天見面吃飯寫功課，連話都很少說啊！他只是爲了要保護李甯，不讓那種鬼東西傷害她而已。

萬一那隻鬼東西不見了呢？

他的心猛然一沉。對啊，萬一那個鬼東西走了，他似乎就找不到任何理由留在李甯身邊……

「生病了？」李甯觀察他好一會兒問道，「怎麼臉孔像是紅綠燈，一下子青一下子紅？」還是壞掉的紅綠燈呢！

「哪哪哪哪有！」他捧住自己的臉，很兇的回答，「哪有哪有哪有！」

「沒有是嗎？」李甯苦笑。看他這麼有精神的生氣，大約沒事吧！「餓了嗎？」

「那還用說?!」還笙不知道在兇什麼，「幹嘛這麼晚？我等到快餓死了……」

話一說出口，他馬上後悔了。爲什麼看到她就只會喊餓啊？這樣不是很孩子氣嗎？

「但是今天我準時下班欸。」李甯遲疑的指著鐘，才剛好五點半，「你若眞的很餓，要不要先出去吃點東西……」

「不要！」啊啊啊～～爲什麼就只會對她兇啊？他不想這樣啊～～「走了啦！又拿這麼重的稿子回來，想工作到死喔？」一把搶走她手裡的牛皮紙袋。

他眞的快氣死了，卻是氣自己。爲什麼開口沒好話啊？爲什麼爲什麼……

李甯卻只是寬容的笑笑，跟著他走入電梯，伸出手，幫他將衣領翻出來。

要命，她的手碰到他了。他將臉一別，掩飾火燒的臉頰，「喂，我不是小孩啊！」

「呵呵，我知道，順手嘛。」李甯還是寬容的、溫柔的說。

電梯門開了，這股該死的惡臭一點消散的跡象都沒有。李甯縮了縮，他睇了一眼，伸手握住李甯。

這是他一天當中最喜歡的時刻了，可以光明正大的牽著她。

這個時候，他會覺得自己眞的是個頂天立地的男子漢、是個大人，眞正可以保護她、照顧她。

……其實也沒差很多歲啊，五歲而已。

「有一天我會長大的。」他沒頭沒腦的冒出這一句，「就算我長大，我也會保護妳的。」

李甯的表情卻有些悵然，但是還笙沒有看到。

「是啊，我知道，我知道的。」

一整個晚上，還笙都有點心神不寧。他發現自己讀了半個小時，卻一個字也沒讀進去。

啊啊，他眞的完蛋了！

「李、李甯。」不行，問題一定要解決才可以，「妳有……男朋友嗎？」

李甯放下稿子，滿臉驚愕。還笙果然病了，他怎麼會突然關心這個？「我沒有。我不交男朋友的。」她下意識的摸摸鮮紅的胎記。

還笙卻誤會了她的舉動，「是怎樣啊？不就是個胎記嗎？就算大了點，也沒長在臉的正中間啊！妳啊，妳該不會因為那個胎記的關係，就覺得沒人愛了吧？做人怎麼可以這樣自暴自棄……」

「我不是自暴自棄啊。」李甯苦笑。

「不然是怎樣？難道妳要告訴我，這個叫作『自知之明』？屁啦！我覺得很好啊！別人還花大錢紋身，痛個半死，妳看妳這樣多好？天然的紋身……不是啦，我不是要說這個，我是說，妳就算有個很大的胎記，長得很平凡……欸，我不是說妳醜喔！中等美女比較有市場啦！人啊，還是不要妄自菲薄，我那蠢老爸老是被拋棄，他還不是交了兩大卡車的女朋友，我不是要妳跟他看齊……」

到底他在說什麼？他自己都快聽不懂自己在說啥了。

但是李甯笑了。她總是有些憂鬱的臉笑了起來，泛出一種溫柔的光亮。「我知道你的意思。」

妳確定嗎？我自己都聽不懂啊～～

「我不想交男朋友是因為……我不想結婚。」她拿起稿子，「我喜歡這樣安靜簡單的生活，結婚太複雜了。既然如此，不要耽誤別人比較好吧？眞的只是這樣。不過，我還是謝謝你擔心我。」

還笙的心情卻複雜矛盾了起來。照理說，他該高興，李甯既然不想交男朋友、不願意結婚，那也就是說，沒人搶得走她。

但是……等他長大以後呢？連他都沒機會嗎？

「不結婚也好啦，我不喜歡拖著小孩來受苦。」他老氣橫秋的攤開作業簿，心情篤定起來，「但是人的想法總是會變的。妳就保持這樣的想法，直到我長大吧！對了，妳覺得幾歲算長大？」

這下子換李甯摸不著頭緒了，「大概像我這樣的年紀吧！」

「十九嗎？再五年嘛。欸，妳覺得大學該不該念？」他很認眞的和李甯討論起未來。

「有機會的話，是該念一念的。」爲什麼突然跟她商量起未來呢？

「也對。最少有張學歷傍身……妳覺得月收入該多少？房子買兩房一廳的好不好？」他的確是認眞的。最少也買個兩房的房子嘛，還可以接老爸一起住，看他那種風流個性，大概也是討不到老婆的。

沒關係，兒子給兒媳婦靠，剩下的，也可以給老爸靠一些。

「呃……」李甯呆了呆，「這是不是該跟你的爸媽商量啊？」

「妳也是……咳，家人嘛。」他不太自在的動了動身子，「將來我要養妳啊！」

她又笑了，只是笑容裡的悵然更多了些。很熟悉的感覺，卻提醒了她非常刺心的痛苦。

「……我自己會養自己的。」

「不管啦！」他兇了起來，「我說養就養啦！妳敢給別人養？不准不准啦！」

「噗！」她笑出來，卻跟著流下眼淚，「你是好孩子。若眞有那麼一天，姊姊就靠你好了。」她止不住自己洶湧的眼淚。

誰當妳是姊姊呢？不過還笙只是張了張嘴，卻沒有反駁。他悶悶的拿了面紙過來，粗魯的幫她擦眼淚，「嘖，女生就是愛哭……」

不過，經過這場表白（？），他倒是念得下書了，而且比以前都要用功得多。

第四章

還笙和李甯所住的大樓是個L型結構，較短那橫的頂端就是電梯，一出電梯，還笙的家就在旁邊——就是有地基主的那一戶，而李甯的家在較長的那一橫中間。

這種房屋結構其實是很不好的。因爲互相遮擋的關係，所以陽光從來不能夠直射進大樓的任何一個屋子裡。雖然不至於暗無天日，但是陽光照射不到的地方，總是有些除了溼氣以外的非生物混跡其中。

對李甯這種植物系的妖怪來說，當然是很理想的居處。她雖然比一般妖怪耐陽性高很多，但也無法承受過久的日照。這樣不失明亮卻又不直射陽光的居處，對她來說是最好的。

她非常喜歡這個居所，直到那個「妖異」來臨之前。

是的，妖花適合居住的大樓，事實上也適合其他妖族，甚至是其他「妖異」。她一直不知道「牠」是什麼。關於神魔妖靈的一切，被當成人撫養長大的她，其實是很無知的。但就像是麻雀就算不知道鷹隼的名字，也知道要躲避危險，她幾乎是本能的躲避開這個惡臭瀰漫在整個大樓的可怖妖異。

之所以可以平安到現在，都是靠一個少年的保護。一個「死而復生者」。

每天還笙回到自己家以後，她幾乎都睡得很差。這個滿是套房的大樓隔音並不好，連走廊的腳步聲都清晰可聞，但是讓她輾轉難眠的，卻是低低的私語。

「就快了……就快了唷……」

「無名者大人，能不能賞我幾口妖花的血？」

「我只要一根手指就好，一根就好了……」

「快了吧？就快了吧……」

這些興奮的低語，恐怖的呢喃，總是讓她整夜翻來覆去無法眞正入睡。

但是她沒告訴過還笙這些。雖然立志當個人類，畢竟她是株妖花。妖花的睡眠方式跟人類不同，她可以在安全溫暖的日間一面理性的工作著，一面讓自己的神智漫遊在溫暖的日光下，迷離的夢境中。

還笙已經為她做太多了，她不願意讓還笙更擔心。

雖然，隨著那沒有名字的妖異越來越強大，游離的弱小鬼怪依附得越來越多，她也不願意讓還笙知道，面對更多的危險。

只是她有很不好的預兆，非常非常的不好——她怕是難逃此劫。

✤　✤　✤

走出電梯，還笙輕輕「啊」了一聲，「糟！我得回家拿本參考書，先跟我回家吧。」一邊說著，邊走入電梯旁邊的那戶人家。

幼小的地基主正在玩沙包，抬起頭溫柔的看著李甯，她笑了笑，掏出一顆金莎供奉，憐惜的摸摸她猶有傷痕的臉頰。

正在翻箱倒櫃的還笙靜了靜，「原來妳也看得到啊！我說啊，李甯，『那一邊』跟我們到底不一樣，妳能裝作沒看到就當作沒看到，拜託妳別跟她混太熟……」他揮著手，「去去去，去旁邊玩啦～～別纏著我們家客人不放。到底要怎樣妳才能升天啊？我都想盡各種方法了，妳怎麼還在人間徘徊留戀？」繼續翻箱倒櫃。

幼小的地基主咯咯笑了聲，抬頭望著李甯，雖然沒說話，但是李甯知道她的意思。

他是善良沒惡意的。

嗯，我知道。李甯在心裡悄悄回答。

嗡的一聲，沒有人碰的電腦自己開機了，還笙皺眉直起腰，「啊勒，真的越來越像鬼屋了。這台死電腦不知道出了什麼毛病，老是沒事就自己開機……」

李甯覺得有點迷糊，心卻是雪亮的。她覺得電腦裡似乎有些什麼，吸引她不由自主的靠近……

「嘖，是得慕。眞麻煩，開機就自動連上MSN……」嘴裡雖然抱怨著，還笙還是盡責的坐下來，打字回答得慕的招呼——

嗯……電腦出毛病自己開機了，我爸還沒下班。

靠近了些，李甯卻有些暈眩的停下腳步。她搞不懂心裡的感覺，說不上是畏是敬，電腦如此人工的產品，居然有種讓人迷惑的靈氣存在……

「不舒服？」還笙瞧見她臉色有異，「天啊，我家可是這棟大樓最『乾淨』的地方欸！妳連這兒都不舒服的話，我還眞不知道該帶妳去哪兒躲了！」

李甯從迷惑中清醒過來，「不，不是的。」她慌張的找藉口，「呃……我剛剛去買菜，文蛤得放在鹹水裡吐沙，不然會死光的。」

「煮湯嗎？」說到吃的，還笙的精神都來了。「對對對，文蛤比較重要。反正這是我爸的女朋友，又不是我的誰……參考書參考書……這裡！哈！走吧走吧，我肚子餓了。」

他，果然還是個孩子呀！李甯忍不住笑了出來。

跟他一起，像是自己成了眞正的人類，擁有個老是吵著肚子餓的家人，那些惡臭，那些異類，都跟她沒有關係……

轉過轉角，她和還笙並肩走著，一樣還是牽著手，不知道是不是習慣了，那股惡臭似乎不那麼令人不舒服了。

當她準備將鑰匙插入鑰匙孔時，還笙突然用驚人的力氣將她拉得踉蹌。「不是這一間。」

她抬頭，驚出一身冷汗。原本應該是她的房間四十號，卻換成了三十九。三十九……正是那無名妖異的房間。

更可怖的是，她眼前的通道，變得漫長看不到邊際，每一戶的名牌都是「三十九號」。

「糟了，鬼打牆！」還笙拽住她的手，開始往回走，這才發現回頭已經是死路。強烈的惡臭瀰漫，低語和獰笑在每扇門後面此起彼落的響起，門扇抖動，發出顫抖的聲音，他們交握的雙手沁出汗、濡溼著。

「往前走。」還笙緊緊的抓住她，「別鬆開我的手。」

他們害怕的往前疾行，空洞的笑聲和威脅從門縫裡傳出來。還笙的心在狂跳，他從來沒有遇過這樣大膽的妖異，敢在他面前搞鬼。他雖然是個人類，卻莫名的擁有妖鬼忌憚的能力，他一直都相信自己是安全的、強大的，第一次遇到這種幻境，他反而不知道該如何是好。

他的自信漸漸出現裂痕，這裂痕動搖了他，也讓妖異們更有機可趁。

像是個螺旋般，這漫長的甬道永遠也走不完、沒有盡頭，在他們背後的門扉紛紛傳出開啓的聲音，誰也沒有勇氣回頭看。

在哪裡？到底在哪裡？這個沒有盡頭的迷宮……出口到底在哪裡？

「四十號！」還笙叫出聲音，夾雜在「三十九號」門牌中，他們幾乎忽略了這個小小的出口，李甯連忙掏出鑰匙，害怕過度的她不知不覺鬆開了還笙的手。

「不！不是那個門！」嬌嫩童稚的聲音疾呼，卻太遲了些。

李甯已經打開了門，而那個詭詐的名牌，數字飛轉，從「四十」退到「三十九」。

「謝謝。」門縫裡閃著青色瞳孔的男人，瀰漫著令人鼻腔刺痛的惡臭，將撲上去的還笙打昏過去。

他舔了舔拳頭上的血，帶著瘋狂的目光，一把抓起怕到癱軟的李甯，「妖花，嗯？封印起來就聞不到香味？嗯？等妳開花以後，不知道有多好吃，但我等不到那時候了……」

「住手！」一個沙包打中了男人的臉頰，沙包中的檀香刺痛了他，卻只是刺痛。地基主顫抖著，卻勇敢的瞪著他，「走開！這是我的地方！」

男人狂怒的轉過身，露出帶著銀白唾沫的獠牙，「壞事的小鬼，我先吃了妳！」

「不要！」忘記自己的害怕，原本軟癱的李甯不知道哪來的力氣，擋在地基主的前面，男人的獠牙刺入了李甯的胳臂，惡狠狠的撕了一大塊，她的血湧出來，不可思議的芳香洋溢，在場的眾生讓妖花的血之芬芳征服了，片刻居然沒有任何眾生動彈。

那是一種難以形容的香氣，令人心魂蕩漾，不可自持。像是想起生命中所有美好的事物，甜蜜的、美味的、笑、歡欣……甚至愛慾。

原本昏迷過去的還笙因這驚人香氣甦醒了，他呆住，隱隱感到有些不對，卻心旌蕩漾得幾乎沒辦法自持。在他眼中，沒有比這香氣更重要的，也沒有比平凡的李甯更動人的女人。

那種突如其來，沒辦法克制的眷戀，讓他猛悍的撲向男人，完全不在乎那男人的拳頭，但是讓他驚懼的是，眼前這個男人，既是人類，又不是人類。

被花香沖昏了頭又驚嚇了大半夜，還笙顯得很遲鈍，馬上讓男人掐住了頸子。受了重傷的李甯心底雪亮，苦於失血過多，她使不出力氣拯救還笙，情急之下，她甩出了手裡的文蛤，希望能夠讓那被妖異附身的男人可以鬆手。

那男人卻驚慌失措起來，「海水！海水！啊啊啊～～該死！現在的我還不行……還不行……」他拋下了還笙和李甯，像是被硫酸潑了，跌跌撞撞的跑回他惡臭的住所。

所有的幻象破解，雖然只有一瞬間，空氣卻變得乾淨、清澈。失血暈眩的李甯勉力抱過昏迷的還笙，見他氣息低微，頸上滿是瘀青，不禁哭了起來。

地基主走了過來，像是籠著白光，她輕輕按住李甯的手臂，傳來一陣舒適的沁涼，原本觸目驚心的巨大傷口慢慢癒合，但終究還是留下疤痕。

李甯安心的昏了過去，在昏過去之前，她似乎聽到輕輕的聲音，卻不是地基主嬌嫩的稚聲。

「欲劾其鬼，先知其名……」

✤ ✤ ✤

他們兩個雙雙昏倒在樓梯間，讓返家的梵意發現，召救護車送到醫院去。

悶悶的梵意到處找尋可以抽菸的地方，最後只能夠在醫院外面抽。很多事情都不能解釋，事實上，她也害怕。雖然大樓管理員認定是小偷入侵，讓他們倆發現，所以殺人未遂，但是她心裡明白，不是這樣的。

她發現李甯和還笙的地點很詭異，就在往頂樓的樓梯間。晚上八點，誰會上頂樓呢？但她就是發現了。一股讓她難以了解的焦躁，讓她忍不住走向樓梯間，身不由己的往上走，她幾乎要認爲自己在夢遊了。

然後就發現這兩個奄奄一息的人。

抖著手，她點燃了菸。有些不對勁，在他們所居住的大樓，有些什麼不對了。她想起李甯憂心過的「變態」，那個令人不舒服的房客，甬道時時刻刻充塞的死亡氣味……

一切都是神經過敏而已吧！她緊緊握住自己的胳臂，強迫自己別發抖，將菸按熄，她進了醫院，詢問病人的狀況。

情況還好。雖然李甯嚴重貧血，那少年差點被扭斷頸骨，所幸兩個人都無大礙，她輕輕觸摸李甯胳臂上癒合的新疤，心裡有些了然。

她以爲……這些事情再也不會找上門。不堪的往事一幕幕的在眼前掠過，摸摸衣領下的頸側，梵意的眼神變得堅毅。

「得慕。」她輕輕呼喚著。

護士站的電腦「嗡」的一聲開機了，清秀而隱約的少女浮現身影。

「找我嗎？梵意。」她皺了皺眉，「就算妳成功的將氣味掩蓋起來又怎樣？妳會先死於肺癌的。」

梵意苦笑，「沒關係。眞的……沒關係。」

這，喚起了多年前不願再想起的回憶……

理論上，梵意是雙生子之一。但是她的姊姊在出生以後馬上死亡了，她原本不知道這件事情，直到……那一天爲止。

人類的血緣早已不再純粹，混雜了神魔妖靈的血統，這些異能都於人類的強大基因之下沉眠著，只有極少數的人能展現異能，卻也只能發揮很微小的部分。

而梵意，繼承的就是妖花的稀薄血緣。雖然稀薄，也注定了她一生的坎坷。被女同學不自覺的妒恨，被男同學不自覺的垂涎，飽受排擠之苦，卻只是爲了很稀薄的妖花血統。

原本以爲這就是地獄，卻沒想到眞正的地獄還在等著她。

當她青春期的時候，妖花的血緣大大的旺盛起來，這不僅僅吸引了無數的男人，更吸引了垂涎的妖異。

有一度，她以爲自己瘋了，或者這個世界瘋了。她看到超現實的怪物，撲在自己身上，發出氣喘吁吁的嘶吼，就要將她撕吃下肚……

一定是什麼瘋了吧？

若不是得慕趕來，她很可能早就死了。事後，她詢問這個善良的人魂少女，那少女爲難很久，露出無奈的笑容，道：「我本來應該是妳姊姊。但是出了點事情，我沒趕上，沒有魂魄的身體是活不了好久的。妳要保重，妳的味道實在太濃了……不管怎樣都要熬過青春期，知道嗎？」

得慕沒有解釋清楚，她知道這個驚嚇過度的女孩知道這些就夠了。得慕的前生是個因爲車禍變成植物人的少女，衰弱的身體無法留住魂魄，飄蕩的生魂承蒙這個城市的管理者所救，從此她就成爲管理者的管家，直到她的陽壽已盡，應當投胎轉世變成梵意的雙生姊姊……

但是她選擇了另一條路。這也是爲什麼梵意的雙生姊姊出生就死亡的緣故。而她，依舊是管理者的管家。

這些梵意不用知道。她的痛苦已經太多了。

從那天起，梵意開始抽菸，也開始學著掩蓋自己的氣味。

她不願意呼喚得慕，雖然知道這位無緣的姊姊暗中保護著她；也不靠近人類，因爲人類是容易招來妖異的生物，人類的妒恨、貪婪、慾望，容易招致各式各樣的妖異。

就因爲知道這世界的表裡只隔很薄很薄的一層，薄得跟輕紗一般，所以她更戒愼恐懼，不讓自己隨便被抓到。

但是現在，她憤怒了，她覺得自己滿腔的血都在沸騰。

她們什麼也沒做，什麼也、沒、有做啊！她們就只是擁有了這個倒楣的血統，就活該變成妖異的食物，像蛛網上的蝴蝶，動彈不得地面對被生吞活剝的命運嗎？

「……我需要妳的幫忙。」她的憤怒讓她忘卻恐懼。

「我也需要妳的幫忙。」得慕靜靜地回答。

✤ ✤ ✤

自從嚐了妖花的滋味，那妖異沒有一天忘記過。

他是非常古老、非常古老的妖異，當統治妖異的冥主還是個新死不久的弱小人魂時，他早就在人間掀起腥風血雨了。

遙遠到遺忘自己的名字，所有爲人時的一切記憶，只有狡獪的智慧與高明的法術保留了下來。他曾經是遠在神話時代活躍的人物，貴爲國巫，是神聖巫女的心愛弟子，卻因爲醉心於長生不老之藥的研製，在試藥時發生了意外，將他的肉體侵蝕殆盡。

原本就執著於「生」的他，即使只剩下人魂亦不改其念。他瘋狂的運起所有的餘力，吞噬了九千九百九十九個衆生，只是執著的想要活下去。

如果說，存在就是活著，那他的確是成功了，很悲哀的成功了。但是他從此不再是個人類，不是妖魔神靈中的任何一個，而是腐敗的、充滿貪婪忿恨的妖異。一個妖鬼。

爲了存活，他又貪婪的吞噬無數人魂妖魄，只要他出現，百里內沒有任何生命跡象。

直到他讓自己的師父封印起來。憐憫他的師父沒有消滅他，只是將他封進深深的海底，用無盡的海水洗滌他的罪孽。

歲月這樣無止無盡，被封印的歲月更像是停滯不前。他想，爲什麼沒辦法殺死那個女人，那個自稱是他師父的女人？他要強大，強大到任何人都無法阻止他。

他吃盡了衆生，千禽萬獸，啖食了一切的精髓，天人神魔無一例外……當中卻沒有妖花。

像是想通了關節，他狡獪的智慧運作起來，過去的法術和研究心得不斷的在內心琢磨。是的，妖花，一切仙丹妙藥的萬用藥引，他就是少了這隻眾生，所以才沒辦法融合體內的萬般精髓。

人類的悔恨、憤怒，尤其是為人母的哀傷，強大到可以衝破一切封印。他得到了新的身體，謹慎的溜進了這個城市，忍住飢餓，他不斷尋找那味藥引……

妖花。他終於找到了，也嚐到了美妙至極的美味，嚐過妖花的血肉，誰也沒辦法遺忘、忽略，像是長了根的思念，無盡蔓延。

但是他得耐性點，再耐性點。

他就是太急躁了，險些暴露了自己的弱點。

先等待吧！他的歲月無窮無盡，要監視著，跟隨著，他已經記住了她美妙的氣味，再也不會讓她逃脫。

但他要謹慎些。能夠存活這麼久，就因為他是個謹慎的妖異。他知道這個陌生而年輕的都市有人類管理，而他，才剛脫離桎梏不久，還很虛弱。

所以，他先啖食了男人的腦子，侵佔了身體，暫時化身爲「人」。這樣，死而復生者拿他沒辦法，管理者也尋覓不到他的蹤跡。

他說過，他是個謹慎而聰明的妖異。只是人類的身體難以侵奪，必須先啖食了腦子，呑噬魂魄，然後化身爲人類的腦，還得相對應的連上千萬條神經……他花了不少時間才能行動自如。

遺忘自己的名字，他是無名者。正因爲他遺忘了自己的名字，所以他也沒有弱點，他將是世界上最強大的衆生。

閃著青光的眼睛在黑暗中，像是鬼火一般。他在微笑，爲了將有的一切死亡與哀號微笑……

第五章

微雨。

濛濛的雨滴和霧分不清，周圍幾乎看不清楚，蒼白的街燈像是一盞盞含淚的眼睛。

梵意站定，掏出一根菸，點了火，一縷白煙融入霧雨中。

「菸抽太多了。」得慕微微皺眉，她的身影在霧雨中更隱約。雨絲穿透了她，一個化形為少女的人魂。

梵意笑了笑，抽完那根菸，卻沒有說話。霧雨濡溼了她的頭髮，讓她原本成熟的臉孔帶著幾分稚氣。

「我先去把滿身的煙味洗掉吧！」再也不能逃避了，她抬頭看著居住的大樓。

「會有點危險。」得慕憂心的跟上來，「妳眞的確定嗎？還是等死而復生者痊癒，我再……」

「不，就是現在。」梵意斬釘截鐵，「我早晚要面對的，一直躲也不是辦法。」她拍了拍提包，「這個確定可以？」

「可以的。我已經追查到『牠』的名字。」得慕有些自得，「管理者的電腦裡有各路人魂，追查消息很容易的，只是我沒想到牠的來頭這麼大。」

進入大樓，得慕因爲得到梵意的邀請，可以跟隨進去。

梵意洗澡的時候，得慕靠在門上喟嘆著，「他原是舜帝時的神官，擁有大神通的女丑，就是他的師父。當時天界跟人間還有通路，他是那種可以跟神人面對面的大人物……」

《山海經》海外西經：「龍魚陵居在其北，有神巫乘此以行九野。」

被《山海經》恭敬的記錄下來的「神巫」，就是神聖巫女「女丑」。她有偌大神通，可以驅使龍魚爲座騎——或稱陵魚，一種人面有手有足魚身的大魚，屬於龍的一種，可飛騰於空。根據斷簡殘篇的記錄，她這樣神通廣大、呼風喚雨的巫女，卻死於十個太陽當空的曝巫祈雨中。

曝巫，是將巫女曝曬在太陽下的祈雨儀式。

當然，這是男性史家官方的說法，至於女性巫者的慈悲、強大，其後的哀然、傷痛，卻無人知曉、記錄。

在遙遠的時代，神人與人類往來頻繁，神官可以直接出使天界。那如夢似幻的年代啊，神聖巫女女丑依舊年輕，意氣風發的乘著陵魚四海遨遊，她更年輕、更才氣縱橫的弟子，留在舜帝的身邊輔佐，上達天聽，下輔百姓。

只是留戀青春，留戀生命，並不是女人才特有的。年輕俊俏的神官，比他身為女子的師父更看不開，更留戀自己水中的倒影。他祕密的研發他師父嚴厲禁止的長生不老之藥，希冀留下自己永恆的青春和生命。

只是，沒有什麼是可以永恆留住的。他的貪念導致厄運。

當女丑趕來時，百里內已經沒有任何生物了，只見形跡俱毀的弟子，啖食了一切，將所有屍首都融合在自己灰濛濛、半透明的貪念中了。

「弟子啊，我心愛的弟子啊……」她悲嘆，「你我原本都可白髮蒼蒼，坦然納入死亡的懷抱，骨肉還土，魂魄還諸眾生。你這樣虛幻的強求，是能強求到什麼……」

因爲呑噬過多的眾生，神官的神智也被反噬殆盡。他發出吼叫，全身冒出兇猛的烈火，將原本就只剩下黃土的乾枯大地燒成赤地。

即使擁有大神通，女丑還是跟失去理智的神官鬥足了七天七夜，才將他禁閉起來，囚禁在深海。

聽完以後，洗好澡的梵意沉默許久。「這眞的是發生過的事情？」

「女丑魂魄仍在，只是東渡去了日本。」得慕很是感傷，「擁有再大的神通，依舊是充滿困惑的眾生啊！」

有些憂愁的看著剛洗好澡的梵意，如水般清澈、透明而溫軟的芳香洋溢起來，雖然比起正統妖花還有些許淡薄，仍然可以輕易的顛倒男性，引起女性的妒恨。

「這樣眞的好嗎?」得慕很憂愁,「『牠』不是尋常妖物。牠很聰明,非常聰明,聰明到可以寄宿在人的身上,卻一點行蹤也不露,悄悄的溜進這個戒備森嚴的城市。我追查牠的行蹤很久了,好不容易才找到牠,卻因爲牠張開的結界,我沒辦法透過網路線進來,牠的法力恐怕在我之上啊!」

「我們不是有剋制牠的利器嗎?」梵意笑了笑,「還有一個美味的餌。別擔心,牠會上鉤的……姊姊。」

這聲稱呼讓得慕呆住了。啊啊,她原本會成爲梵意的雙生子姊姊,她可以擁有自己的人生,再也跟這些事情無關無涉。

她原本可以當個人類的。

「爲什麼,妳要放棄投胎呢?」梵意低語,「如果妳跟我一起面對這種命運,我也不至於這樣孤立無援……」

得慕沉默了很久,笑了笑,「總是有些人……是比投胎重要很多。」她雖然笑著,表情卻很哀戚,非常哀戚,即使是一閃而逝。

「我是管理者的管家。」得慕苦笑地指著自己，「我若投胎了，誰來幫她打理那群吵死人的傢伙？她連自己都照顧不好了，還指望她來煩這些呢……」

不能再擁有自己的人生雖然遺憾，但是她有需要照顧關心的那個人。這是她選擇的主人，她選擇的道路。

「妳不是孤立無援的。」得慕透明的手拍了拍梵意，「我們原本就有姊妹的情分，只要妳呼喚我，天涯海角我都會來的。」

梵意凝視著她，突然展顏一笑。這麼多年來，她終於打開了心裡的一個死結，眞正的笑了。

「走吧，姊姊。」她笑得非常勇敢、美麗，「我們去收拾那隻妖異。」

✤ ✤ ✤

像是知道她們的存在，原本燈光黯淡的甬道更昏黃，邊燈像是一盞盞的鬼火。

梵意和得慕相視，戒備的往前直行。

可怕的惡臭瀰漫，幾乎沒有地方可以逃過。得慕身爲靈體，特別無法禁受這種惡意，反而身爲人類的梵意鎮靜很多。

她走到妖異住的家門口，敲了敲門。

門開了，惡臭的陰風隨之狂嘯而出，冷笑的男子帶著青色的、貪婪的瞳孔，像是野獸一樣發出粗喘的氣息。

「妖花。」這香氣惹得他發狂了。只要啖食過就沒辦法忘懷，像是毒品一般的存在。妖異們的毒品。

梵意後退一步，鎮靜的將手中瓶子裡的東西灑了出去，那帶著海的氣息的淨水潑在男子身上，引起他一陣狂吼。

「巫咸啊巫咸……」梵意記牢了得慕的囑咐，「你看看這是什麼？」她攤開手，是一只古老的鸚鵡螺。

那鸚鵡螺像是呼出氣息，迴盪著梵意的話語，一遍遍的呼喚：「巫咸……巫咸

……巫咸……」

男子停住了動作，原本貪婪的青眼露出了極度的迷惘。

這聲音……很熟悉，很熟悉呀……

在很久很久以前，似乎有人這樣慈愛的呼喚過他。教他萬物眾生的名字，教他眞理，教他所有的一切，她有粉嫩嬌柔的唇，像是瑤草一般柔弱、美麗，卻擁有極大、極莊嚴的力量。

他曾經多麼愛慕她、尊敬她。這種複雜的心情他自己都不懂，連神明也不懂，強大到他必須逃開，必須擁有自己的地位、尊嚴，不然就會被什麼吞噬了一樣。

他好想，好想回應那呼喚，進入那溫暖的、幽暗的鸚鵡螺裡，像是胎兒般安詳的漂浮……

但，也是那粉嫩美麗的唇，吐出殘酷的咒語，將他禁錮在海底數千年之久。

青色的眼睛閃爍出野蠻的殘酷，迅雷不及掩耳的將鸚鵡螺奪走。「我不是巫咸。」他蘊含瘋狂的眼睛閃爍，「我沒有名字，我是無名者。」

在他掌心，鸚鵡螺化成粉末，變成黝暗的火焰。

「退下！」得慕將梵意推到身後，張開結界，「走，快走！先逃出這棟大樓……」

「誰能從我的居所逃生？」無名者猖狂的大笑，「退下！無用的人魂！」他只用一個眼神就瓦解了得慕的結界，在她臉上留下見骨的傷疤。

摀著臉，得慕呆住了。「人類傷害不了我。」

「我不是人類！」他舉起手掐住得慕的脖子，張開血盆大口，想把這個不自量力的人魂吃下肚子裡……有法力的人魂，跟妖類的滋味差不多好。

只見銀光一閃，他的手臂被拉出一條極大的傷口，多年未曾感受到的痛苦讓他狂吼起來，他忘了……他忘了……附身於人會有這樣的副作用。

這疼痛逼他放了得慕，轉頭憤怒地看著持著蝴蝶刀的梵意。這個人類女子微笑著，帶著恐懼，卻有更多勇氣的微笑，「但也不是妖異了。不是人類也不是妖異，連名字都沒有……你是什麼呢？無名者。」

無名者怒極反笑，他伸出極長的舌頭，舔著手臂上的傷口，「好得很、好得很。一株弱小的妖花居然敢舉起僅有的一根刺反抗我！那麼小的刺能做什麼？」

「在臨死前，好好的戳你幾刀。」梵意冷冷一笑，「姊姊，快回我房間。我的房間有電腦也有網路，妳從內部破壞他的結界吧！」

「我不能把妳丟在這裡！」得慕大驚失色，「而且我的法力也不如……」

「試試看。」梵意深深吸一口氣，「不然我們都得死在這裡。」

得慕看了看無名者，又看了看梵意。她覺得害怕、恐懼，她輕敵了。原以為憑仗著女丑的咒具就可以輕易鎮壓這隻妖邪，卻沒想到經過數千年的蟄伏，他已經破解了女丑的咒。

看起來，他應該是啖食了人類的腦，徹徹底底的取而代之。所以海水、咒具，對人類的身軀沒有效果，但是他的惡念，卻可以輕易的傷害她。

梵意說得對，她若沒辦法從內部破壞結界，那她和梵意都得死在這裡了。

她馬上隱身遁逃，無名者卻沒有追趕。他輕蔑的笑笑，「妳的同伴逃走了呢，眞好笑，這就是人類的義氣！哈哈哈～～」

「同歸於盡不叫作義氣。先生，你太久沒有當人類了。」梵意反握住蝴蝶刀，滿臉殺氣的面對著他。

「喂喂，小姐，妳拿那把小玩具刀要做什麼？」無名者直起身子，比梵意還高出一個頭，「妳眞認爲殺得死我？或者說，妳敢殺人？我現在可是活生生、會流血的人欸！」他誇張的弄出表情，還硬擠出幾滴淚。

「我會殺人。」梵意的表情漸漸沉寂、堅毅，「承認吧，你比較怕我，反而不怕得慕。我並不覺得你有什麼可怕的，眞得感謝我繼承的血統是這樣稀薄，稀薄到不畏懼你。」

「無禮的半妖！」無名者怒吼，「看我吃了妳！」

他撲了上來，梵意卻冷靜的矮了矮身，在他腹部劃下極長的一刀，但被他反掌打中，飛跌出去，梵意擦著嘴角的血，有股怒氣在她胸懷裡擴散開來。

她害怕得夠久了。

長久以來，她讓那段惡夢糾纏著。從最初的恐懼到後來的沮喪、憤怒。她的頸下還留著很大的傷疤，那是被妖異啃噬過的傷口，永不平復、永遠粗厚，像是被火焚熔的疤痕。

因爲她到底是人類，不像妖花那樣容易被啃噬吞嚥，所以才更痛苦。

就像在精神上被強暴過一般，她的精神也留下了巨大的傷口。妖異附身在男人的身上，對她的情慾使得男人的精神沒有屏障，不管是啖食她還是侵犯她，妖異和男人都覺得他們沒有錯。

有段時間，她無法進食，只能求助於菸，她寧可得肺癌，也不想要讓自己身上充滿令人衝動的香氣。漸漸的，恐懼褪色成沮喪、憤怒，她不明白，她實在不明白，寧可死掉的自己，爲什麼沒有勇氣戳那些野獸幾刀？

在別人不知道的時候，她買了一把鋒利的蝴蝶刀，時時刻刻帶在身邊。她清楚這把刀的重量、形狀，和鋒利的程度，當她伸手放在口袋時，都是握住這把刀。

即使是睡覺，她也緊握著刀。她可以在清醒的瞬間將折疊的刀身完美的甩開，這讓她有安全感，她甚至拿刀刺殺空中飛舞的蒼蠅，或者是虛擬中可能出現的妖異。

只是她沒有想到，會有使用的這一天。

不，或許她一直渴望有這一天，可以對著往日只會哭泣的自己大吼：「妳看！妳是可以做些什麼，而不只是蹲著無助哭泣的！」

梵意擦掉嘴角的血，搖搖晃晃的站起來，手裡的刀沒有背叛她，還穩穩的在她手上。

「人類，眞的很脆弱呢！」梵意的鼻上獰出怒紋，「但是人類也有強悍的時候！」

無名者氣得發抖。他換上人類的身軀，爲的就是避開巫女和咒師的掌握，但是面對一個人的成分多些、不畏懼他的半妖，瞬間倒是有些不知所措。

「恐懼」一向是他最好的盟友，但是這個瘋狂的半妖卻一點恐懼也不見蹤影。

他摀住不斷滴血的肚子，開始咒唱，剎那間，湧出無數鬼魂妖異，但是梵意持著刀又衝了上去，這個威名鼎鼎、衆生畏懼的大妖異，居然狼狽的躲開她手裡的刀。

事實上，極度的憤怒救了梵意。她根本無暇看身邊湧出的黑煙是些什麼，她眼中只有無名者，心裡只有多戳他幾刀的念頭，好讓得慕有時間破解他的結界，正因爲這種單純的專心一致，所以再多的妖異鬼魂也沒有用處。

又挨了她幾刀，無名者內心的憤怒越來越高漲。好不容易得到的身體已經快要報廢了，他再也不想隱匿行蹤，迅速的從那男子的頭顱破殼而出，只見一團灰濛濛的惡念快速的吸收吞噬了周圍的妖異和鬼魂，在衆生哀叫慘嚎中，出現了可怖的原形。

再也不是蝴蝶刀可以應付的妖異了。牠頂著天花板，形狀像是一隻蛞蝓，半透明、灰而朦朧，無數衆生的頭顱掙扎著出現又隱沒，最後有六個頭顱出現，像是龍而沒有角，像是鳳而有鬚，雞嘴而虎首……這些奇特的頭顱中，有著一張俊美卻陰沉的臉孔，發出令人毛骨悚然的笑聲。

「妳的那根刺……還能做什麼？」牠嘲諷，沒有腳卻像是飛一樣的追上梵意，那一團黏膩將她攔腰捲起來，「啪」的一聲折斷了她的手，逼得她拋下了手裡的蝴蝶刀。

「沒有刺的妖花，就只能當食物。」他咭咭怪笑，俊美的臉孔扭曲，嘴巴突然咧到耳根，根根利牙黏著銀白的唾液，將痛得幾乎昏倒的梵意送到嘴邊。

梵意沒有掙扎，也沒有懼色，反而冷冷一笑。

「妳笑什麼？」無名者幾乎痛恨起來，這個倔強的半妖實在令他太不愉快了。

「我笑……」她乾脆放聲大笑，「我笑你小看妖花，再弱小的花朵也滿藏著數不盡的暗刺和毒！」

她火速伸手到口袋，右手將拿著的東西塞進無名者的嘴裡，「吃吧！你就給我吃下去吧！」

那是一把海鹽。本來是咒具將無名者封進鸚鵡螺之後，要撒在封口，讓封印完成的。

她不但把海鹽塞進無名者的嘴裡，左手還在牠的舌頭上狠狠地抓了好幾道傷口，讓海鹽侵蝕得更深一些。

無名者像是甩脫一隻害蟲似的將她摔在牆上，發出劇烈而痛苦非常的呻吟和慘叫。

自從被禁錮以後，牠被囚禁在深海底，深深畏懼海水的清淨之力。

這把海鹽像是劇毒強酸，不斷的在牠身體裡翻攪、切割，牠狂吐、哀號，由於海鹽解構了牠的貪念和咒力，被牠吞噬的眾生魂魄掙扎著逃離，整個甬道像是煉獄般，動亂了起來。

奄奄一息的梵意咳了咳，發現自己咳出來的都是血。她畢竟是個尋常沒有武藝的女孩子，能夠跟無名者周旋這麼久，完全是憤怒激發出來的勇氣。

狂怒退去，她也開始看得到甬道裡面互相吞噬的妖異和鬼魂了。原來……無名者控制了這麼多的倀鬼啊！

等這些倀鬼冷靜下來，自己還能活多久呢？

她又咳出一口血，居然一點也不痛。會痛……大約還有救呢！

「反正不會死於肺癌了。」她喃喃著，費力的從後腰袋掏出香菸，顫著點火。白煙裊裊，她發現妖異鬼魂已經不再互相吞噬，全虎視眈眈的圍著她，包圍圈越來越小，越來越小……

「被吃掉不知道能不能好好的走……」她呼出一口白煙，「姊姊，妳可要好好照顧我的身後啊！」

說完，她昏迷了過去。

所以她沒有看到，憤怒到了極致的得慕，完全失去了甜蜜和理智，她用非常暴力的手段破壞了無名者的結界——像是瓦斯爆炸一樣地炸了三樓的所有套房，讓怒氣沖昏頭的得慕，甚至調來了管理者電腦內的所有軍隊，暴力掃蕩了整個大樓的所有妖異和鬼魂，這股未息的怒氣甚至讓她把整個都城都大力「打掃」了一遍，堪稱妖異界的一大浩劫。

很長久的一段時間，都城找不到任何一隻妖異和鬼魂，怪談絕跡了很久很久；

所有在都城行走的神魔被這次的威力掃蕩嚇個半死，層級再高也小心翼翼，怕被掃了颱風尾。

當然，得慕也讓管理者狠狠地罵了一頓，勒令留職停薪一年。

這些，梵意都不知道。等她清醒的時候，只看到醫院雪白的天花板，和等著她清醒的刑事組組長。

「沈小姐，妳好些了嗎？」組長很客套的問她。

「……我還活著？」梵意嘆了口氣。

「如果妳還能支撐，我想問問大樓瓦斯爆炸兼兇殺案的一些事情。」組長搔了搔頭。

「爆炸？兇殺案？」梵意倒不是說謊，「那是什麼？」

當然，刑事組組長沒得到什麼想要的情報，醫生也不准組長繼續打擾重傷的被害人。

最後這個轟動一時，甚至把梵意、李甯、還笙等人的家炸得乾乾淨淨——奇怪的是，居然沒引起火災——死者一名，手臂骨折像是被坦克車輾過的傷患一名，以強盜殺人引爆瓦斯案終結了。

刑事組密而不宣的是，這名死者的死因並非身上的刀傷，而是溺斃。推測死亡時間已經超過兩個月，而死者的車子，已經在金山附近撈獲了，被投保了鉅額保險金的妻子和女兒也死在裡面。

「都城的怪事眞多呀！」組長搔了搔他的頭。

年輕的法醫驗完了屍，雙手合十。「但沒什麼罪孽是眞的可以逃過的。」

第六章

出院以後，李甯和還笙目瞪口呆的看著天翻地覆的「家」。

這是說，斷垣殘壁也叫作「家」的話。

就算是中子彈也沒這麼離奇的神準。正確來說，其實他們的家不算全毀，了不起毀個一半左右。

像是被導向飛彈巡邏了一遍，家家戶戶打通了兩邊的牆壁，行經路線的家具、雜物都被融化得乾乾淨淨，變成一條光滑清爽的軌跡。

還笙先回家探看，發現他的書桌被一切兩半，損失了幾本課本，毀了一張沙發，所有的玻璃，不管是玻璃落地窗還是玻璃杯，統統碎光光，滿地漂亮的玻璃渣閃爍。

李甯稍微慘一點，她的衣櫃中個正著，所有衣服連衣櫃都人間蒸發了，她和還笙常常一起吃飯、寫功課、看稿子的和式桌只剩下四個腳，很滑稽的站著。

面對這種莫名其妙的災難，大樓住戶面面相覷，摸不著頭緒，最後很認命的拿起報紙先糊著牆壁，之後一個月，此起彼落的裝修敲打聲沒停過。

到底發生了什麼事情？他們不過是住院了兩天，爲什麼會突然出現這種莫名災難啊？

但是空氣卻變得清新。原本充滿惡氣的大樓像是被狂風掃過，充滿了雨後天青的爽朗氣味。

李甯想破頭也想不出來。地基主應該都看到了，但是害羞的她卻只是笑笑，什麼都不肯說，但她去醫院探望重傷的總編梵意時，卻「聞」到了一些端倪。

躺在病床上不能抽菸的總編，身上沁出一種她無比熟悉、無比親切的香氣，那種……和自己身上類似的香氣。

「很驚訝？」梵意百無聊賴的叼了根肉桂棒，「戒菸比想像中困難多了。」

「總、總編，妳……」李甯整個人都呆了。

「啊，我是倒楣的『返祖現象』。」梵意揮了揮還能動的左手，「不過也不是太倒楣，我只繼承了一小部分的妖花血統。」

李甯顫著唇，好一會兒說不出話來，「我、我也……」

「妳也什麼？」梵意瞪了瞪她，「妳是人類吧？難道妳不是？」

李甯呆了很久很久，望著梵意清秀的臉龐，許多事情像是揭開了迷霧。總是抽個不停的菸，刻意中性的打扮，表面熱情實際冷漠的處事，對自己不著痕跡的照顧……這世上，真的有許許多多的好人。

「我是。」她下意識摸了摸自己的胎記，「我是人類。」她幾乎哭了出來。

「那就走好妳的路。」梵意垂下眼睛，「我呢，我也要去走我的路了。」梵意坦然的笑笑，容顏分外的年輕稚氣，「和那種『鬼東西』對峙比想像中還刺激呢！我想，我愛上這種感覺了……」

「總編！」李甯喊了出來。

「怕也不中用。抽菸掩飾味道，我怕沒讓鬼東西吃了，反而得了肺癌，總還有些什麼是我可以做的吧！」她沒有受傷的左手握了握拳，「我不會讓他們如願的。等我傷癒就該去修練一下了。」

「其、其實……」李甯緊張地說，「事實上，這種氣味是可以封印的。」

「不用啊！」梵意很率性的揮揮手，「這樣方便很多，我不用去找，他們就自動會送上門來了。」

她微笑，笑容是那樣勇敢而美麗。

梵意出院以後，她就跟出版社辭職了。老闆不肯放人，硬跟她簽了外包約，讓她成了外包編輯。

之後她的行蹤就成謎了。老闆悵然若失，好幾次詢問李甯關於梵意的去處。

但是李甯也不知道。她隱隱的知道，這場災難，是有部分血緣和她相似的梵意幫她擋了下來。這位亦姊亦友的總編，甚至沒告訴她發生什麼事情，只是鼓勵她繼續往「人類」的道路走去，而梵意，卻接受了這稀薄的血緣，勇敢的踏上另外一條路。

好幾個月以後，她終於接到了梵意的信。那位英風爽颯的勇敢女子，滿臉朗笑的站在一座道觀前面，一身勁裝，臉上貼著小花圖樣的ＯＫ繃，旁邊的老道士還對著鏡頭比了個「Ｖ」的勝利手勢。

她在信裡潦草的寫了幾行字，抱怨年紀大了學武眞是苦差事，但是她似乎很開心，甚至說：「其實戒菸很容易，買不到就行了。我住的鳥地方只有雲霧山林，連要買個衛生棉都要翻山過嶺走上六個小時呢！」

她突然很羨慕梵意。她是個勇敢的人，可以面對自己的不同，走向勇敢對抗的道路。

她自己呢？

迷惘的摸了摸脖子上的胎記，她眞的該走的道路……眞的是這一條嗎？

她想了很久，找不到答案。但是，每天她下班，還笙還是會在管理室邊寫功課邊等她回家。

還有人等她回家的。只要還有人等她回家，那她該走的道路就沒有錯吧？

隔了半年，還笙突然開口說：「我想，那個鬼東西不會再回來了。」

李甯表情茫然的從稿件中抬頭，有點摸不著頭緒，「……什麼？」

「我還有理由繼續賴在妳這邊嗎？」他悵然若失，「妳已經不需要我了。」早就該說了，只是他一直在騙自己：再一天，再一天就好了，然後一天過一天，一天過一天……

「你在說什麼呀？」李甯笑了起來，「我買了那麼多菜，你叫我一個人吃？」

「……是不是等菜吃完我就可以不用過來了？」他開始鬧彆扭了。

「菜吃完了，我就去買更多的菜。」李甯笑著搖搖頭，「誰讓你還在發育呢？」

他凝視著李甯很久很久，突然撲進她懷裡，一點都不想管什麼孩子氣不孩子氣。他不管了，他不管了啦～～

「哎唷，這麼大了還撒嬌？」李甯笑著拍他，「你都快比我高了呢！」

「囉唆！」

還有個孩子是很需要很需要她的啊……她選擇當人類這條路，絕對沒有錯。

✤　✤　✤

時間一天天的過去，李甯沒什麼變，但是還笙起了非常驚人的變化。

他一直在長高，尤其是國二的暑假，他到祖父母家玩了一個半月，回來的時候，把李甯嚇了一大跳。

本來跟她差不多高的孩子，居然她得仰著臉看了。

「怎麼樣？」還笙很得意，「長高很多吧？」

「是呀！」李甯感到很不可思議，「眞的高好多喔。只是……」她有些遲疑要不要說實話，「只是，爲什麼是兒童等比例放大版呢？」

「囉唆！」還笙氣急敗壞地吼她。

孩子的成長總是很驚人的。等他上了國三，原本有些豐腴的臉孔變得瘦削，迷上打籃球的還笙，手臂上有了結實的肌肉，開始出現男子氣概了。

就在他苦讀準備考高中的時候——當然還是把李甯家當書房，李甯瞪著他的下巴，好半天才顫著手指問：「你下巴那一點點是……是不是臉上黏了橡皮擦的屑？」

還笙摸了摸下巴，「哎唷，我早上明明刮過鬍子了呀！真是野火燒不盡，春風吹又生。」

鬍子？鬍子?!她甜蜜（？）可愛（？？）純潔（？？？）的小還笙，居然長大到有鬍子了了了了～～

「我現在心情好複雜。」她百感交集的拭了拭眼角的淚，「母親的心情就是這樣啊！原來可愛的孩子長大了，心裡會這樣又悲又喜的，我會永遠懷念那個可愛的小還笙的……」

「喂！妳是夠了沒有啊?!」還笙的青筋都爆出來了。

他們就這樣互相陪伴過了一年又一年。她懷著一種溫柔的心情，看著這個老愛板著臉的少年，一點一滴的長高、長大，國中畢業了，上高中，高中畢業了，上大學。

好像很久，卻又好像只是一眨眼。陪伴在身邊的少年，長大成青年了，她喜歡仔細研究他有些什麼改變。雖然外貌起了驚天動地的大變化，但是一些稚氣的表情，皺眉的樣子，和老是愛撒嬌的行爲，讓她知道，不管他長得多大，多英俊瀟灑，都是她初認識的那個勇敢少年。

是她沒有血緣的家人哪……她絕對不要失去這個唯一的親人。

或許是這份堅強又誠摯的心願，她的封印進入了從來沒有過的安定期。她那偶爾會漏出來的香氣，居然收拾得一點也不剩。

她幾乎相信自己是個人類了。

「我晚上要去同學家趕報告喔。」還笙很不放心的打了第五通電話，「妳一個人在家要確定門有鎖好，晚上有點冷欸，要穿件薄外套。還有，妳晚餐記得吃啊，我可是記住了冰箱有哪些存貨，讓我回來發現都沒動，妳就等著被我電吧！看要多亮有多亮，聽到了沒有啊?!」

「有有有……」李甯額上沁出一滴冷汗，「還笙，我在上班。」

「上班？我當然知道妳在上班，那不重要。你們公司新來的那個死老頭有沒有再約妳？那傢伙一看就不是善類！尖嘴猴腮獐頭鼠目的，妳可千萬不要笨笨的被他拐啊！」

「我知道、我知道。」李甯簡直是哀求了。拜託，他大肆批評的那個人，剛到任不久的總編，就坐在她對面呀！聲音放小一點好嗎？「還笙，我在上班……」

「好啦，要不是妳這麼笨，我幹嘛打來千叮嚀萬交代？回到家打我的手機給我喔！讓我知道妳回到家了……」

好不容易讓他甘心放下電話，李甯已經滿頭大汗了。

瀟灑的總編對她笑了笑，「男朋友？」雖然約她約不出去，這位年約三十的黃金單身漢倒是非常有風度的。

「不不不，」李甯慌張的搖著手，「是、是我弟弟啦！」

「你們姊弟感情眞好啊！」

「嗯……我也只有他這個親人而已。」她溫柔的笑容變得有些模糊感傷，平凡的臉孔卻分外動人。

這個女孩子耐看。雖然實在不是什麼美人，卻有種似水般的溫柔姣媚，越看她，越移不開目光。

她和其他聒噪輕浮的女孩子眞不一樣。總是安安靜靜的做著自己的事情，不爭功、不諉過，就算被說了幾句重話，也不會當場哭出來給大家難堪。

或許都是些很平凡的優點，但是……就會下意識的被她吸引。

想想他也三十了，再美麗再可愛的女孩子都交過了，愛情這回事，著實令他很疲倦了。他渴望安定、渴望有個家，與其找個精緻絕倫的洋娃娃，還不如找這樣宜室宜家的樸實女孩好些呢！

他第一次有了安定下來的念頭。無往不利的豐富經驗告訴他，要攻陷這個單純的女孩不難，只要先讓她重視的「親人」接納他就行了。

看起來，關鍵似乎就是那個「弟弟」了……

「總編？總編！」李甯不安了起來，這個帥總編張著嘴傻笑半天，她好像在面對很帥的喜憨兒，「呃，還有什麼事情嗎？下班了呢！」

不是要跟她討論新書系？怎麼問了幾句不相干的，就開始傻笑呢？

「這麼快？」他驚覺光陰似箭、日月如梭，不過，這又是個好機會了，「李小姐，晚上妳有事嗎？一起吃個飯，順便討論新書系好嗎？」

「晚上我有事呢！」李甯帶著歉意的笑笑，她若不按時回家，大約會被還笙剝皮吧？再說，總編老是對她傻笑，讓她覺得有些毛毛的。「抱歉了，明天我們再討論好嗎？」

抱起大疊厚厚的稿子，她欠了欠身，走了。就算走遠了，她也感覺得到總編熾熱的目光。

她忍不住聞了聞自己的手腕，似乎沒有任何味道。她知道，總編屬於比較「敏銳」的人類，不管她的封印多麼嚴密，氣味藏得多麼好，這個傻笑的帥哥還是下意識的察覺了。

要更小心才行……她頭痛起來。難道要學梵意抽菸？但是她討厭煙味，而且，恐怕打火機還沒點上，就已經被還笙賞了個過肩摔加喉輪落，外帶一個月的耳朵嚴重長繭。

被「弟弟」唸到失聰實在不是件好事。

但是，這微乎其微的氣味要怎麼隱藏才好？唉！要平安當個人類也不容易呢！

她疾步往家裡走去，一面看著錶，剛出電梯，就聽到電話聲一聲緊過一聲，匆匆衝進房裡，果然是她的電話。

「喂喂喂……」她喘著，「喂？」幸好趕上了。

「怎麼這麼晚回來？」還笙抱怨著，「這是第二通電話欸！」

果然，他根本等不及讓李甯撥來。

她忍不住苦笑，這個「弟弟」……管得可比別人的「爸爸」嚴很多呢！不過，這種碎碎唸也只是他撒嬌的方式，她也就笑笑的隨他去唸了。

有人願意唸、想要唸，這也是一種幸福。

掛上電話以後，她如往常煮飯、吃晚餐、看稿，卻發現時間過得很慢很慢，慢到有些難熬了。

所以，看到梵意上了MSN，她幾乎是感激的。最少今天晚上不會太孤寂了。

梵意經過了五年的「修練」，開始實習了。雖然她幾乎不提自己在做些什麼，細心的李甯還是推敲出些大概。

雖然說，在理性當道的人間，靈異事件通常只是人們茶餘飯後的材料，對大部分的人沒有什麼影響，但，總有些「例外」。

處理這些「例外」，處分不安分的「移民」，就是梵意所屬的「機構」的事情了。

儘管李甯不想問，梵意也不想告訴她是什麼「機構」，不過，這一點也不損害她們之間的友誼。

或者可以說，她們眞正的友誼是從梵意離開那時才滋長的。剛開始只是簡短的通信，後來乾脆寫e-mail，到了最後，互相留了MSN，即使梵意滿世界亂跑，也都可以連絡得上。

唷，妳今天這麼早就有空啊？妳家那隻咧？梵意爽朗的打招呼。眞正面對命運以後，她的個性從冷眼旁觀的淡漠，轉變成開朗而幽默。

噗！什麼那隻這隻？把他說得好像寵物似的。李甯笑著打字。**他今天去同學家趕報告啦。**

梵意在螢幕這端笑了笑，卻不願意說破這種奇妙的曖昧。**那麼妳今天很閒**

嘛，呵呵，剛好我找到一些有趣的資料喔。

李甯倒了杯咖啡，笑咪咪的等著聽。

梵意先發一陣牢騷。都是死牛鼻子老道要我去找畢業論文資料。想想我都大學畢業幾年了，想學個驅魔居然得交畢業論文！不過也因此找到一些妖花的資料，意外的，妖花這種族倒是很旺盛呢！

眞的嗎？李甯呆了呆，心情不禁激盪了起來。這到底是跟她血脈相連的種族啊！

應該很可信吧！螢幕那端的梵意笑了笑。事實上，埃及豔后並不是美人，妲己、褒姒大約也不是。翻開中外歷史，許多「美人兒」都不是長相美，至於楊玉環啦香妃啦等等體有「異香」的出名美女，大約也沒後人描述的漂亮吧！

這些……都是她妖花的族民嗎？李甯愣愣的盯著螢幕。

妖花……可是很脆弱的妖族呢！梵意撐著臉龐，有些寂寞的。合藥煉丹，都缺不了這種妖族。雖然說，仙人早就禁止了這種野蠻的行爲，但是私底下煉製的仙人可就大夥兒心照不宣了。仙人都這樣，妳又怎麼禁止人類如此？這種除了魅惑沒有其他異能的脆弱種族只能託賴唯一的本事──妖媚當權者，乞求一點生機……結果倒是成了紅顏禍水了。

李甯垂下眼睛。原來……原來她的同胞都是這樣掙扎求生存的，烽火一笑，褒姒成了亡周的罪人。

但是點烽火的是周幽王，並不是褒姒。

君王無道，乞憐庇護的紅顏成了代罪羔羊。

她和梵意聊到很晚，心裡都充滿了感慨。她的感慨尤其深，母親流著眼淚要她別當妖花的瞬間畫面，一直在她眼前流轉。

或許，每個女人都是妖花。梵意笑了起來，無奈的。愛上的是這個人，託付終生的，卻往往是另一個人。

什麼？李甯呆了一呆。

妖花只有在愛上某人的時候才開花。梵意翻著古舊的記載。而這些過往的妖花美女……從來沒在君王的庇護下開出什麼花來。

李甯說不出話來。從來沒有深思過這樣的事……她突然覺得很悲哀，非常悲哀。

關上電腦以後，她在黑暗中望著天花板很久很久，無法入眠。

「我是人類。」她輕輕的呢喃，「我絕對不要那種悲哀的宿命。」

第七章

整夜都讓族民們的哀愁纏綿，李甯睡得很不好。她疲倦的起身，看到電腦的小燈居然還亮著。

呀，她以爲她關上電腦了，卻只是順手關掉螢幕而已。

打開螢幕準備關機，發現道過晚安之後，梵意還留了一段訊息——

其實，不要想得太悲哀，就像人類雖然大同小異，卻也有賢與不肖。在宗教或善良的土壤裡，仍然開出許多聖潔的花朵。歷史留名或許不是她們想要的，但卻的確留下蹤跡……

她列了幾個名字，有的是修女，有的是比丘尼，還包含了一個護士。

李甯看著這些熟悉的名字，呆在電腦前面許久，有種溫暖的情緒，緩緩的在心中升起，就像是破開濃重雲層的金光，在她心頭暖洋洋。

梵意大概也讓這些聖潔的花朵鼓舞了吧？最少她振奮起來了。

她的命運，還是可以自己掌控的，並不是只有一種結局。疲倦一掃而空，她快樂的淋浴，準備去上班。

洗淨身上殘留的一點點香氣，她哼著歌出門，一朵決心不綻放的妖花，向著平凡的旅程邁進。

✤　✤　✤

不知道爲什麼，看到她心裡還是會有一陣悸動。

默默的站在管理室前，六年多來，還笙都在同一個時間、同樣的地點，默默的等她回來。只要「聞」到那股澈然如水的清新，他就知道，李甯就在不遠處。

眞不明白，眞不明白。

她並不是很美，甚至年紀比他大得多。要說個性好，個性好的女生難道會少？要說興趣相投，那更是鬼扯了！李甯好靜，他卻喜愛陽光，升學的惡夢一旦遠去，他痛快的拋開課本，興致勃勃的開始打籃球、爬山、旅遊。

不是不想拖著她去，但是李甯似乎有點貧血，太陽晒得久了就臉孔發青。往往都是她帶了書，躲在樹蔭下撐著洋傘看，等他打籃球打到盡興，她的臉蛋已經蒼白得像是要暈倒了。

久而久之，他不再勉強李甯，但是他們之間也一直沒有培養起相似的興趣。

他眞的不懂，不懂爲什麼就是對她傾心不已。甘願放棄自己的諸多興趣，和她守在幽暗的室內，吃她煮的飯菜，乖乖的陪她看VCD，或者是她溫順的陪他打PS2，就算沒講什麼話，他也高興得不得了。

若說是少年時的一時迷戀……那個「一時」，爲什麼蔓延了六年之久，和最初的感動沒什麼兩樣？

「我回來了。」李甯微笑著，將樸素的洋傘收起來。雖然已經向晚，但是初夏的陽光依舊讓她有些頭昏。

「妳也看看現在是什麼時候了？」還笙沒好氣，「太陽都要下山了！妳還撐著洋傘不放？我的天，臉色眞是難看斃了！我買給妳吃的維他命到底吃了沒有？身體眞是差到不行欸……」

李甯還是寬容的笑笑，溫順的將手裡沉重的牛皮紙袋交給他，還笙一隻手拎起沉重的紙袋，另一隻手很順理成章的牽起她，「今天有沒有野男人搭訕妳？外面壞人很多欸！妳不要笨笨的被騙了，社會版有沒有在看啊？」

「沒有人搭訕，我看了社會版了。」李甯忍笑，還是溫順的讓他牽著。

眞是……爲什麼遇到李甯，他就變成嘮叨的老太婆了？他眞想仰天長嘯。他就不能說點好聽話嗎？難怪這些年李甯都當他是任性的小弟弟，一點認眞的態度都沒有啊～～

她到底懂不懂自己心意？還笙煩躁的搔搔頭，不能繼續這樣嘮叨下去了，總要讓她明白呀！

「呃，那個……」他彆扭起來，好看的臉孔漲得通紅。不知道爲什麼，這六年來，他不斷的長大，李甯的容貌卻依舊是十九歲時的模樣。這張他看慣了的臉龐，卻還是讓他很緊張。

「昨天我去同學家趕報告……我、我我我，我……我很想妳。」這樣的表示很明白了吧？

「我也是呀！」李甯很坦白，「你不在家時間過得好慢呢，小還笙。」

還笙的心一下子從天堂跌到地獄。小還笙?!

「我都有投票權了，什麼小還笙?!」他氣急敗壞的揮舞牛皮紙袋，「笨蛋！妳眞是個笨蛋！」

噗，男孩子就是急著長大。李甯覺得這樣的心思很可愛，摸了摸他的頭——雖然伸手伸得很吃力，「不管你長得多大，永遠是我親愛的小還笙呀！」

「我不是小孩呀！」他猛然將頭一甩，快被她氣昏了。

「好好好……」她敷衍的點頭，掏出磁卡準備進大樓，一回眼，她原本有些蒼白的臉龐突然變得雪白。

順著她的視線看過去，還笙只看到一個落魄的老年人，那老人張著嘴，嘴唇顫抖著，輕輕的喚：「……小甯？」

李甯飛快的刷了磁卡，用驚人的力氣將還笙拖進來，「碰」的一聲關上大門，那老人撲到門上，聲嘶力竭的喊著，不斷的搥打堅固的大門，李甯掩著耳朵，顫抖得連站立的力氣都沒有。

「他是誰？李甯？妳怎麼了？」還笙抱住她。

李甯卻將他甩開，眼中充滿了恐懼和複雜。她伸手想摸摸還笙的臉，卻猛然縮回來，大叫一聲，衝向電梯。

她從來沒有跑得這麼快過。像是受驚的小動物，逃命似的逃回自己的巢穴，連衣服都來不及脫，她跑進浴室，抓起蓮蓬頭，開始不斷的沖洗自己。

沒有吧？不會有任何味道吧？沒有人被她影響吧？沒有吧？

她在蓮蓬頭底下沖了又沖，冷水讓她的顫抖更劇烈。夢魘般的往事撲了過來，她緩緩跪倒在地板上，在洶湧如瀑布的蓮蓬頭下，她放聲大哭。

不知道哭了多久，哭到開始麻木，心頭的痂疤被狠狠地揭開，這才發現，傷口一直化著膿，流著血，從來沒有痊癒過。

疲憊的脫去溼透的衣服，她換上家居服，無力的癱在椅子上很久很久……她才模糊的想起，在浴室痛哭時，似乎還笙來敲過門。

她該怎麼解釋……該怎麼跟他說呢？這個療養自己孤寂的少年，她心理上唯一的「親人」。

振作一下精神，她打算過去道歉，一開門，發現還笙皺著眉，倚在門邊不知道站了多久。

「對不起……」她讓自己沙啞的聲音嚇了一大跳。

意外的，還笙居然沒有罵她，只是搖搖頭，走了進來，盤坐在他慣坐的和式椅上，單刀直入的問：「他是誰？」

李甯愣了愣，也在還笙身邊坐下，她不習慣對還笙有所隱瞞，便道：「……是我養父。」以為已經哭乾了所有眼淚，沒想到一開口，她依舊潸然淚下。

還笙默默的將面紙遞給她，竭力平靜，還是忍不住將拳頭握白了，「他對妳做了不好的事情？」

啜泣了一會兒，李甯勉強鎮靜下來，「不，還沒有。」還差一點點，若不是養母剛好回來……不不不，她不要再想下去了。

但是還笙抓狂了，他暴吼起來：「還沒有？還沒有?!那代表他想做囉？他媽的！那他現在來幹嘛？打算把事情做完嗎？我去打死他！」

「不要不要！」李甯哀哭著拉住他，「求求你不要……是我不好，都是我不好！是我的錯，統統是我的錯！是我招來這些……壞事的，他曾經很慈愛的疼過我啊！他也不是願意這樣的……求求你不要……別傷害我爸爸……求求你……」

她哭著，眼淚不斷的滾下來，焦急讓她滿身大汗，一點一滴的，將她封印起來的香氣悄悄地「漏」出來。

這種令人頭昏腦脹的香氣，讓人意亂情迷的香氣……還笙覺得自己的神智有些恍惚，一直掩蓋在理智之下的愛意沖潰了堤防，他無意識的喃喃著，伸手抱住了李甯。

她害怕了。這個時候她才意識到，那個親愛的少年，已經長得太大，大到可以被影響了。

李甯渾身僵硬，「還笙，你一直是我很珍惜的親人。」她緊閉眼睛，「但是現在……我會怕你。」

她的恐懼喚醒了還笙的理智。怎麼？他在幹嘛？他怎麼可以對李甯這樣？明明知道她在害怕什麼，現在他跟門外那個禽獸不如的東西有什麼兩樣？

狼狽的放開讓他扯開前襟的李甯，結結巴巴的想要解釋：「對對對、對不起，我只是……只是……」

李甯閉著眼睛搖頭，警告自己的情緒要趕緊平穩下來。她不能再哭，也不能再激動了，脆弱的封印禁不起這樣的刺激。她緊緊拉住自己的前襟，「這不是你的錯。是……是我不好。」

「爲什麼要說是妳不好呢?!」還笙暴躁起來，「明明是我不對啊！果然男人都是禽獸，但我只是喜歡妳，非常喜歡妳，我想跟妳在一起啊！」

不……你不是愛上我，你只是被我身上的氣味影響了。

她突然很哀傷，沒有原因的，非常哀傷。

「我也非常喜歡你。」她勉強擠出一個微笑，「今天發生很多事情，我需要靜一靜。好嗎？等我冷靜一點我們再談，好不好？」

還笙還想再說什麼，看到她楚楚可憐的淚臉，只能煩躁的站起來，僅僅這樣簡單的動作，卻讓李甯恐懼的縮了縮，他的心像是被凌遲了一樣。

「好。等妳冷靜一點，我也冷靜一點的時候再說。」他腳步沉重地往門口走去，握著門把，「對不起。」

「我永遠不會怪你的。」李甯柔弱的聲音在他背後輕響，他卻不忍心回頭。

關上門的瞬間，他看到李寧脆弱無助的臉龐，眼神那樣的哀傷、悲慟。他很懊悔，非常懊悔，他可能親手摧毀了某樣珍貴的東西了。

現在他才了解到，李甯的信任，是多麼的珍貴。

等門關上的時候，忍了許久的眼淚，才緩緩的滑下李甯的臉頰。

盡頭了，已經是盡頭了。爲什麼她所珍惜的人，到最後總是這樣不堪的告別？但是現在……卻比六年前逃出養父母家時更痛苦，更難受。

他……並不是眞的愛我。

這個殘忍的事實讓她看清了自己的心，也讓她痛楚到幾乎發狂。

是什麼時候，她對這個孩子產生這種不該有的情感呢？是朝夕相處？還是在他關心的責備中？抑或是……在無名者的恐怖要脅之下，他義無反顧的護衛在前的那一刻？

她一直告訴自己，她只是珍惜他宛如珍惜自己的親人，卻不曾眞正的正視過自己的心意。

他也只是……只是被妖花的芳香迷惑的人類而已！

李甯喊了出來，伴隨著絕望的哭聲，空曠的斗室迴響著絕哀的空洞，她哭著拖出行李箱，胡亂的往裡面塞著東西。

還有什麼不能拋下的？她的心都破碎了，還有什麼不能拋？

當她哭到趴在行李箱上睡著了以後，她不知道，就在她明白了何謂「動心」之後，血紅的封印褪盡了。

在她的耳上七公分，長了兩個小小的花苞，而致命的芳香，瀰漫了整個小小的斗室，驅之不去……

✤ ✤ ✤

第二天，李甯就這樣消失了，還笙再也等不到她撐著洋傘的纖弱身影。

他不懂……他也不想明白。他只覺得喉嚨一陣陣的乾渴，卻喝再多的水也無濟於事。

李甯！

他像是發瘋一樣衝到李甯的出版社，卻驚愕的聽到她已經辭職的消息。沒有理由、沒有原因，只是一通電話，連到出版社都沒有。

她能去哪裡？她可以去哪裡？這六年來，她不是在出版社，就是在家。她幾乎沒有朋友，除了一個不知道身在何處的梵意。

但是他卻連梵意的連絡方式都沒有。

她的手機停話，房東自己拿了鑰匙來清房間，說李甯退了租，連押金都不要了，就這樣離開。

她怎麼可以這樣？怎麼可以這樣對待他？連句解釋也不聽他說，連個機會也不肯給，就這樣匆匆逃走了！

「妳太過分了……」還笙眼前一片模糊，「妳怎麼可以這樣對我！」他茫然的在街上徒勞無功的亂找，忍不住吼了起來。

「對啊，眞是太過分了。」老人宛如鬼魅般在他背後出現，「她怎麼可以這樣對待我？我這麼愛她，愛到要發狂了……她怎麼可以不說一聲就逃走了？我的小甯……她又逃走了嗎？她總得讓我跟她說說話……」

「都是你！」滿心煩躁的還笙一把抓住老人的胸口，「都是你的關係！如果不是你跑來，就不會嚇到李甯了！你這個禽獸……」他一時血氣上湧，一拳打了過去。

老人挨了極重的一拳，卻發出瘋子般吃吃的笑聲，「我是禽獸？別傻了，小夥子，遇到她，每個男人都會變成禽獸……你聞過她的眼淚吧？你嚐過她的血嗎？沾到一點就是毒，她是罌粟花啊！日日夜夜折磨你，就渴望能夠再嚐一點，一點點就好……我想忘也忘不掉，你懂吧？那種死也忘不掉的美味和香氣啊……」

「不——我和你不同，不准你胡說！」他發狂了，緊緊掐住老人的脖子，怒到失去理智的他被人架開來，還不住大喊大叫：「我不是你這種禽獸，我不是我不是～～」

「夠了沒有啊！」他老爸狠狠地給他一拳，「搞屁啊！大街上搞謀殺？笨到可以！」

臉孔漲紅的老人蠕動著爬起來，「別阻止他，讓他掐死我！找不到小甯，我死了算了……」

這場騷動沒有引來警察，卻引來了四處尋找老人的妻兒。他們愁容滿面的拚命道歉，老人的妻子還有著光滑的臉蛋，看起來像是他的女兒，不像他的太太。

她遲疑了一下，「……請問，小甯住在附近嗎？」

「本來在的。」還笙忍不住心傷和絕望，哭了出來，「要不是這死老頭跑來嚇唬她，她本來是在的~~」

李甯的養母眼淚奪眶而出，「他，其實才四十八歲。」她撫著丈夫像是雞皮般的手背，「在他對小甯……然後小甯逃走之後，他就老成這樣，一切都不對勁了，我也不知道是什麼地方有錯。爲什麼他要對小甯那樣呢？爲什麼他要這樣執著的找小甯？他甚至天天磨刀唸著要把小甯吃掉，到底發生什麼事情了？爲什麼會變成這樣呢？」

衆人啞然，只剩下她的哭聲。

「太太，我這笨兒子……唉，我很抱歉。」還笙的爸搔了搔頭，「請先生去醫院看看吧！醫藥費當然我們會全數負責，如果還有其他要求……」

李甯的養母搖了搖頭，「是我們不該讓他跑出來闖禍。他住了很久的療養院了。」扶著又哭又笑的丈夫，她遲疑的回頭，「小甯她……還好嗎？」

「她一點都不……」還笙激憤的話語被他老爸打斷。

「李小姐嗎？她過得很平靜，在一家出版社當編輯。太太，妳不用替她擔心。」

「那就好，那就好……」李甯的養母低頭哭泣，「我對她……很抱歉。我很愛她，我一直都把她當成自己的女兒般愛她。只是不知道是什麼地方錯了，我眞的不知道……」

目送他們漸漸遠去，還笙爸鬆開了還笙，表情沉重的壓了壓他的頭頂，「眞不想承認我的兒子是笨蛋。」

「……我愛她啊！」還笙哭叫起來，「我是眞的眞的愛她，愛她很多很多年啦！現在叫我怎麼辦啦……她被那死老頭嚇到不見了，我要怎麼辦～～我不管啦～～」

還笙爸無奈的搔搔頭，「兒子，養你十幾年，怎麼現在才像個孩子啊？你問我怎麼辦，這種困難的問題……我怎麼知道啊？」

「我不管啦！嗚嗚～～」

「哎唷，女人跑了再找一個咩……」

「我就是要這一個啦！我不管不管不管不管啦～～」

「吵死啦！沒出息的東西！」

第八章

她默默的望著車水馬龍的街道，從二十二樓望下去，連市聲都模糊了。小小的汽車像是玩具，匆忙的人群只有豆點大，匯流成潮，朝著同個方向盲目的忙碌前進。

高居在二十二樓的摩天大樓上，俯瞰紅塵，不知道爲什麼，湧起一陣焦躁的寂寞。

但是她總是很忍耐，非常忍耐，不讓自己的情緒太波動。她已經失去了封印的保護，又未曾接受過任何妖花長老的教導，她藏不住自己的氣味，也不會控制自己天然的魅惑。

她該怎麼辦？她不知道，她眞的不知道……

自若。

「妳不要太拘束了。」房門輕響，一身俐落的麗人走了進來，神采飛揚，顧盼

她叫作柳如是，是一個「平凡」的室內設計師。這個位於二十二樓頂端，有著溫室花園和精巧屋舍的可愛小違建，就是她的。

「妳什麼都不用擔心，有我在。」

「柳小姐……」李甯壓抑住自己的憂愁，溫柔的站起來，「謝謝妳收容我。但我不能一直待在這裡。」她會替這位好心人帶來大麻煩的，她不能這樣。

「叫我如是。」如是隨意的拖了張藤椅坐下，和坐在窗台上的李甯相對，「妳用不著擔心這些，我倒想看看誰敢來找麻煩。」她笑起來的時候，眼角有著歡快的笑紋，顯得很有魅力，「梵意將妳託付給我，這個決定很正確。」

李甯默不作聲，心裡很是羞愧。到頭來，她還是一無是處的妖怪，得託賴別人的善心才能生存下去。

那天清晨，她發現自己鬢上的花苞和消失的胎記，驚慌得不知道該如何是好。

剛好梵意上了ＭＳＮ，默默的聽完她的哭訴，馬上請如是來接她。

從她家到如是的家……像是跨越地獄路一般。幾乎整個都城的妖異和鬼魂都被她吸引來了，甚至包含神魔之類的眾生。

她會被撕碎、吞噬，但最可怕的不是這個，而是她會連累這個好心的陌生人！

「我不能跟妳走！他們……他們……」她害怕得幾乎要癱軟了，「放我下車，讓我下車！求求妳……」

「他們？」如是若無其事的瞄瞄周遭，「什麼他們？別怕，有我在。」

她恐懼得幾乎不敢張開眼睛，連怎麼來到如是的家都不記得了。

「妳真的不用怕。」如是很誠懇地說，除了師妹梵意的委託，她也打從心裡喜歡這株甜美的妖花。真正的美不在外貌，而是發散出來的靜謐氣質，而她，向來都喜愛美麗的事物，「只要有我在，就算妳要出門也是無妨的。妳看，今天陽光這麼好，我陪妳出去走走？」

李甯蒼白著臉，拚命搖頭，「不可以、不可以……我不能連累妳……」她蒙上眼睛，心力交瘁的將臉埋在掌心。

如是同情的看著她，「看得到是很可怕的一件事情吧？」

李甯迅速抬頭，愣愣的望著如是。梵意會將自己託付給如是，應該是因為如是也擁有某種「能力」吧？

「事實上，我什麼也看不到。」如是聳了聳肩，「雖然我出身自一個信仰神祕的家族，但是我什麼都看不到。」她的笑容轉為自信，「因為，在我的『領域』之內，一切神魔妖族皆無法力，徒具形體而已；不入流的鬼魂和妖異，在我眼前連現形都不能。」

李甯呆呆的看著她。一個不被眾生法力影響、擁有絕對領域的人類，就某種意義上來說，她是無敵的。

「但，妳是個奇怪的例外。」如是似乎很困擾，「既然妳進入了我的『領域』，應該會停止變化才是，但是……」她做了個無奈的手勢，不知道該怎麼說下去。

李甯摸了摸鬢上的兩個花苞。自從「動情」之後，封印消逝無蹤，母親犧牲生命換來的苦心成了泡影；而她的花苞卻一日日的茁壯、微啓，即使在絕對領域內，還是悄悄的散發濃郁的香氣。

那是洗再多次澡也無法洗去的香氣。

如是也在思考。她從來沒有碰過這種現象，身爲古老降妖家族的一員，這種無可奈何的天賦讓許多人將即將變成吸血鬼或狼人的無辜者送來，在她的領域內，這些人可以保持人類的身分直到被治癒。

這是她第一次遇到失效的無辜者，讓她很好奇。雖然說，她一點也不介意李甯要住多久，甚至歡迎她住下來。面對一株芳香到迷離的解語花，實在是特殊的體驗。

但是看她這樣驚懼、害怕，甚至莫名的流淚，如是還是不太好受。

「聽我說，」如是聲音放柔，「我很歡迎妳住下來。妳也看到了，我獨居，跟家人也不太來往，個性又孤僻，有個朋友來住，我當然很歡迎。妳先安心住一陣子，總會有辦法解決的，梵意已經去幫妳想辦法了。我這師妹雖然晚入門，但是師父可是很看好她的呢，妳且安心吧！」

除了滿懷感激，她還能說什麼？但是……但是……

即使不見蹤影，她也感覺到了，附近流盪的鬼魂和妖異，越來越多，越來越多。

就像是腐肉吸引蒼蠅，這些鬼魂妖異也被她的香氣吸引而來。

看著她孤獨的坐在窗台上，原本要離開的如是不忍的回頭，「李甯，妳並不是囚犯。」

她苦苦的笑了笑。這致命的花香，已經將她囚禁起來了。

✤ ✤ ✤

如是是個室內設計師，還是很大牌的那種。她敏銳的美感讓她可以理直氣壯的待在家裡工作，除了去客戶那兒探勘一下，回來畫畫設計圖，偶爾去看看工地，其他的雜事幾乎都丟給助手去做。

「不然我花那麼多錢請他們幹嘛？」她一直很理直氣壯，接案子也看她高不高興，對客戶也向來愛理不理的。

奇怪的是，她的態度越高傲，喜歡來拜託她的豪宅主人就越多。

「這裝潢是柳如是設計的。」儼然成了富豪間的一個驕詞。

事實上，她也不靠這個維生，說明白些，這不過是個障眼法。

若是她認眞起來，可以說人間沒有任何衆生可以跟她相抗衡。天界忌憚，魔界也不太想惹她，好在她生性淡泊，不喜歡惹麻煩，又住在有管理者的都城，所以一向也還相安無事。

表面上是這樣啦！

但是她收容過太多半妖魔或半神人，也在「無意間」破壞過不少「大人物」的偉大計畫，明裡沒人找她麻煩，暗地裡就……

尤其她又收容了這樣一株純種妖花，自從李甯破除封印之後，她馥郁至極的芳香，已經讓她失去了名字。

在衆生眼中，她成了長生不老藥的藥引，仙丹神藥的上好材料，或者是煉化成絕佳的仙器、聽話而法力強大的妖仙傀儡，不懷好意的諸神衆魔各有各的美好想像，暗暗的舔著牙齒，垂涎著，恨不得一把抓來嚐試。

誰也不記得她也是衆生之一，不記得她也是活生生、有感情、有思想的衆生，連帶的也忘記了她的名字。

阻礙在他們前面的，是這個可恨的、擁有奇怪能力的人類，新仇加上舊恨，漸漸累積、累積……這些不滿終於爆發起來了。

說到底，她不過是個血肉之軀的人類，而且還是個女人。人類，就用人類的辦法來整治吧！而人類總數量有幾十億，當中自然有抹殺討厭鬼的清道夫……

這天，如是正在跟李甯聊天，她突然停了下來，輕輕的嘆口氣，自言自語著：

「他們幾時才要學乖呀？」

「嗯？」李甯一下子摸不著頭緒。

「有訪客，等等我再來陪妳。」如是笑咪咪的摸摸她的頭髮，轉身下樓，一面從樓梯的夾層拿出一大袋行李。

她幾乎是愉悅地看著門把悄悄轉動，看起來手法滿專業的。

門外的黑衣人小心翼翼的將門打開，從門縫裡瞧出來——只見黑黝黝的巨大槍管已經指著他的腦袋。

「有埋伏！」黑衣人馬上就地滾開，同伴們仗著強大的火力，將尚未完全開啓的大門射得跟蜂窩一樣。

門內一陣寂靜，這個暗殺小隊悄悄的將門推開——

毫髮無傷的麗人聳了聳肩，「我是做室內設計的，你們認爲……」

一陣震耳欲聾的槍聲，卻只將眼前的麗人……或者說，映著麗人身影的鏡子打了個粉碎，只見她從死角跳了出來，大喊一聲，「Surprise！」然後掏出一把口徑大到嚇人的槍，殺手們還沒反應過來，已經讓她那把槍轟了出去，還衝破了好幾堵牆壁。

「啊咧！」如是搔了搔頭，「我拿錯槍了……怎麼把實驗品拿了出來？要跟老爸說了，這種衝擊波空氣槍威力太大，不適合鎮暴啦！」

第一波攻擊失利，第二小隊衝了過來，她甩了甩槍管，「不適合鎮暴，但是適合對付殺手啊！」

環顧宛如特種部隊的殺手集團，她冷笑，「也不去打聽看看，我可是領有合法殺人執照的！」

李甯聽到槍聲大作，想要衝下來，卻發現通往樓梯的門已經鎖上。不到幾分鐘，乒乒乓乓的聲音結束了，她抬頭，不敢相信自己的眼睛。

居然有直升機試圖降落在溫室花園。

啊……絕對領域袪神驅魔，就是擋不住人類！

要是被帶走……她會面臨怎樣的命運？她寧可一死，也絕對不要面對那種無知的險惡。她悄悄的伸手入懷，那是一把小小的銀刀，她從家裡倉皇逃出時，就帶了這樣小東西。

若不是……若不是……若不是她還有小小的、卑微的渴望，她實在厭倦這種恐懼和自我嫌惡的日子啊！

「還笙……」她閉上眼睛，咬牙將銀刀抵在咽喉，突然，手一空，如是像是變魔術一樣將她的銀刀拿走。

「啊呀呀，刀子是這樣玩的嗎？沒收！」如是皺眉看著盤旋的直升機，「花樣眞是越來越多……」眼神轉為森冷，「這是殉職，誰讓你們選了風險這麼高的職業呢？」

她扛出榴彈槍，一發就讓直升機成了一團火球。

如是的眼神一直都是這麼冰冷無情，簡直讓人恐懼了，但是這個時候，李甯卻只能愣愣的看著她。

或許，她還是有可以棲身的地方吧？她可以留在這裡，直到找到變回人類的方式。她的確，是個幸運的人。

「……謝謝。」她哭了起來。

✤ ✤ ✤

「需要把事情鬧得那麼大嗎？師姊。」風塵僕僕趕來的梵意瞪著被轟破的隔間牆壁，頭痛了起來。

她和這個任性的師姊相處過一年，跟她學習槍法和體技——搏擊，那眞是痛不欲生的一年。

當初要把李甯託付給她的時候，梵意也很猶豫。她這個師姊脾氣古怪，看不上眼的人通常不假辭色，對於看上眼的人，行事又過分「華麗」，實在讓人頭痛不已啊……

但是李甯的狀況，又不能託付給別人。

「我可是領有合法殺人執照的。」如是大刺刺的將腳擱在茶几上，慢條斯理的擦槍，「我已經派工人來修理了。」

「領有殺人執照也不用轟破牆壁啊！」梵意握拳，「師姊，我們在眾人不知道的世界裡，行事要盡量隱密低調……」

「我隱密啊！」如是理直氣壯，「反正整個二十二樓都是我的，我只在我家裡轟人喔。放心啦，媒體我都打點過了。」

「媒體？」梵意覺得一陣陣的頭昏，「師姊，那個失事的直升機該不會也……」

「他們想來綁架小李甯啊。」如是生氣了，「妳把人託給我，萬一被綁走了，我的面子要擱哪？」

是這樣嗎？師姊，應該是妳老早就想這樣大幹一場吧！

李甯坐在一邊，眼睛瞪得大大的。她像是踏入了另一個世界，一個領有合法殺人執照的絕對領域者，勢力大到可以左右媒體。

而這樣的人，是梵意的「師姊」。

梵意到底加入了什麼「機構」?她抱住腦袋,不敢想下去。

等到跟梵意獨處時,李甯呑吐了一會兒,還是鼓起勇氣,道:「梵意,就算、就算要面對自己的命運,妳也犯不著加入黑社會啊……」

啥?正在察看花苞的梵意張大眼睛,轉了轉心思,忍不住笑了出來,「我的天!哈哈,看起來像是對吧?不是啦……」想想那個有強烈暴力傾向的師姊,覺得實在很沒說服力。

她搔了搔頭,「其實……我們『機構』已經存在很久啦!國家會改朝換代,到底還是要靠我們來維繫另一面的和平,所以各政權對我們還算尊重。妳知道,我也知道,我們現在所在的世界,並不是表面上看起來這麼理性、科學的。表和裡,只隔了一層很薄很薄的紗,只是大多數的人不會看到而已。」

看不到,卻不表示不受影響。

「我們哪,很像是『裡世界』的警察,管轄著『移民』。」梵意無奈的笑笑,「警察可以抓光所有壞人嗎?不能。警察能夠阻止所有罪惡嗎?不能。警察的最大作用是嚇阻，我們也是如此。當權者得跟我們合作，不然失蹤人口可能會更多，懸案也會堆積如山，『移民』又不全是佛祖下凡……」

她們都沉默了。表裡之間的薄弱隔層，身有妖族血統的她們，比誰都清楚。

「不談這個了，我不該告訴妳這些。」梵意振作起來，「絕對領域對妳沒用，嗯？我剛看了一下……」她遲疑了，「我會盡力。」

「開花會怎麼樣？」李甯抬起眼，「我會怎麼樣？」

梵意呆了一下，不知道怎麼告訴她。「一般來說，妖花漫長的一生，都不見得會開花。」

「爲什麼？」李甯不懂，「妳不是說，『宗教或善良的土壤裡，仍然開出許多聖潔的花朵』？」

「這是比方。」梵意苦笑，「妳沒發現，這些族民幾乎終生未嫁嗎？而我……」她自嘲的笑笑，「我這輩子也絕對不愛上誰。雖然我的血緣很稀薄，但是我也不希望發生這種事情。因爲妖花一族已經接近滅種了，再也沒人可以教導我怎麼隱藏香氣……」

李甯呆住了，怔怔的看著梵意有些難過的臉孔。「會怎麼樣？」

「不會怎麼樣。」梵意故作歡快地說，「我不會讓妳怎麼樣。」

雖然梵意不肯告訴她，隔了幾天，她發現書架上少了一本書——《香水》。

她並不笨，除了梵意和如是會進來她的房間，再也沒有別人。

她們偷偷把這本書藏起來……她已經知道綻放後的命運了。

香水的主角，最後撒上滿身致命的香水，讓瘋狂愛慕的群眾分吃了。

李甯環抱雙臂，發冷的坐在窗台上。模糊的車水馬龍，是這城市寂寞到發狂的聲音。

✤　✤　✤

「妳把書藏起來，她不就知道了？」如是皺著眉，拎著《香水》像是拎著條毒蛇。

「我一時心慌，順手就拿出來了。」梵意很懊惱，「我想她知道了。」

這對師姊妹相對嘆氣。她們討論過很多回，就是想不通為什麼絕對領域對李甯沒用。

「我想，是有種該死的法力不受絕對領域的規範吧！」梵意下了個結論。

「哪有法力可以在我的領域裡面張狂？」如是很不高興，「我的能力是絕對的！沒有任何例外！」

「妳知道妖花終生幾乎不開花，要怎樣才會綻放？」

如是狐疑的搖搖頭。

「妖花是個膽怯、弱小，除了生存無暇他顧的植物性妖族，不用開花也能夠繁殖。」梵意拍了拍一大疊厚厚的文獻，「妖花開花就跟竹子開花一樣稀奇。」

「竹子開花？」如是嚇了一跳，「天啊，難道李甯要死了?!」

「當然不是啦！」梵意沒好氣地說，想想卻更沮喪了，「但是也差不了多遠。她眞心愛上某人了，完完全全的。」

如是啞然片刻，嘆了口氣。「我的領域的確是擋不住這種該死的法力。」

第九章

如同梵意的保證，她的確盡力請群醫會診了。她所在的「機構」能人異士甚多，當中還有幾個心靈醫學的頂尖人物，結果察看了半天的花苞，這些不用手術刀也能動手術的名醫，統統束手無策。

「無法切除。」醫生苦笑著說了一大堆專有名詞，「簡單的說，這花苞和她的大腦息息相關，切除就是要她的命。」

戴著防毒面具的醫生很滑稽，但是梵意卻笑不出來。在場的醫生都是德高望重的高士，但還沒帶防毒面具之前，沒有一個可以把持得住，若不是梵意和如是下了重手，打昏了幾個，把剩下的人趕出去，恐怕李甯已經被撕吃了。

李甯的臉上和手臂都有幾道紅印子，看起來很令人心疼，李甯倒還是很鎮靜，

「沒關係，還是謝謝大夫。」

送走了醫生，如是和梵意相對望望，一起頹下了肩膀。她們的心情更沉重了。

「或者讓她在我這邊住下去？」如是提議，「反正我屋子大得很，也不多她一個。住在我這邊是安全的，起碼我有生之年都能保護她。」

「……師姊，妳要考慮清楚。」梵意很感謝她的心意，「妳要知道，這個承諾可不是一兩年的。她雖是妖花，卻是個活生生的衆生，脆弱的心靈和人類沒兩樣。」

「她跟一般的女人沒兩樣。」如是笑了笑，笑容裡有著許多感慨和無奈，「和妳，和我，也沒什麼不同。妳在她身上看到自己的部分倒影，我不也同樣看到？」如是的聲音漸漸低了下來，「若是沒人可以保護自己，那最少也該保護自己的部分倒影。」

梵意沉默了。際遇的特殊，讓她和師姊，以及其他身有異能的師姊妹走上一條充滿荊棘的道路。和她們相同擁有異能的人，不覺得她們是女性；而凡人若對她們動了心，就算再喜歡她們也得嚴詞拒絕。

跨越在表與裡的灰色地帶，她們也是妖花，必須要自己去爭自己的生存權。

這條坎坷的道路，不能也不願拖累任何人，更何況是自己喜歡的人。

能夠愛上一個人，是她們不敢承認、不願承認的美好渴望。

「反正我一直都是這樣走過來的。」如是振作起來，「從小到大，這個天賦讓我被磨練得很堅強啦！我才不怕那些沒用的殺手。我能保護自己，保護她，不過是順便，就算她不在，殺手難道就會少一點？一起解決比較快。」

如是的心情突然愉快很多，「妳去跟她說吧。我煮壺香噴噴的咖啡，下午茶的時間到囉！」

梵意苦笑了一下，爬上樓梯；李甯不知道在想些什麼，坐在窗台上出神。

這個精巧的閣樓是柳如是的得意之作，刻意做了個極寬大的窗台，將天光盡收在內，看起來像是一幅寶藍底色，隨時會變幻的圖畫。

迷於香氣的都市鳥兒啁啾的在窗台跳躍，李甯原本平凡的姿色，在某種神祕的容光下，顯得迷魅而誘人。

若不是梵意也擁有妖花血統，如是又是任何法力無效的體質，大約她們也抵抗不了這魔樣的誘惑吧？

「還痛不痛？」梵意趨前看她的手臂。剛剛發狂的醫生在她手臂上和臉上抓了好幾道紅印，幸好男人不時興留指甲，不然怕是要見血了。

李甯從沉思中清醒過來，微笑著搖搖頭，有些苦意，「別怪他們。」

「他們要我轉達歉意。」梵意不忍了起來

「是我不好。」李甯神情蕭索起來，「一切都是我……」

「別這樣好不好？」梵意有些動怒了，「爲什麼老把所有的錯攬到自己身上？這不是妳願意的，但也不是他們願意的。誰也沒錯，可不可以？現在重要的是解決這種狀況，不是自責啊！」

李甯望了望這個擁有相同血緣的朋友，分外覺得親切，但是相對於她的勇敢，自己的儒弱無能卻讓她更自慚形穢。「我羨慕妳，也羨慕如是。妳們都這麼勇敢、堅強，我卻這麼沒用……我想當人類，卻破壞了母親的封印，連自己的心也管不住！弄到這種地步，卻只能拖累妳們……」

她開始哭了起來，沾染了甜美的氣味，每滴淚水都讓人迷醉。

「妳是我的朋友，也是在這世上跟我血緣最接近的親人。」梵意慢慢的說，「妳怎麼可以說『拖累』這種見外的話？我和師姊都會盡力幫妳的，或許反過來說，我們是羨慕妳的吧，希望可以幫妳完成那個美好的夢想……」

羨慕？李甯不敢置信地看著她。

「當個人類，愛上某個人。」梵意攤攤手，「女人很愚蠢卻很固執的希望。」

但是她和她師姊已經放棄這種希望了。

「妳若能真的變成人類，達成心願……」梵意的目光遙望天際，「我和師姊心裡會有某種安慰吧！」

✤ ✤ ✤

難得回到台灣，梵意遲疑很久，還是決定回出版社看看。畢竟她在這裡隱居好一段時間，不管是好是壞，都是她曾經是個人類的時候。

現在的她，已經不覺得自己是個人類了。

同事和老闆看到她都很驚喜，上前問東問西的，她發現，歲月自然有種魔力，讓過去的人事物都蒙上一層美好的朦朧。

「主編，有妳的信喔。」編輯笑嘻嘻的送上一大包信件，「妳知道李甯吧？嘻嘻，看不出來，她有個念大學的追求者哩！幾乎天天都跑來出版社，打聽不到她的消息，就要打聽妳的消息……」

「李甯？」梵意故作鎮定，「她辭職了？爲什麼？」

「誰知道？」編輯聳聳肩，「說不做就不做，連交接都沒有，實在很沒有責任感……」她忙掩住口，因爲想到當初總編離職也沒有交接。

梵意漫口應著，找個藉口離開了出版社。她手心沁著汗，隨意找家咖啡廳坐下來，將紙袋裡的信都倒出來，半個桌面幾乎讓信件淹沒了。

她隨意撕開一封信，心情沉重的坐了一個下午。

該怎麼辦才好？這樣敏感的時刻……理智提醒她，千萬不要做多餘的事情避免節外生枝，但是她的情感卻忍不下心。

她這個愛情無望的女人，每天透過ＭＳＮ聽李甯談著瑣事是唯一的樂趣，像是個熱心的旁觀者，看著他們兩個的相處。

再也沒有人比她更清楚他們之間的情感。這堆信也開始瓦解她的堅持。

衡量再三，梵意還是敵不過情感的力量。

應該不會出什麼事情吧？有絕對領域的師姊，還有自己跟著，應該不會出什麼事情吧？

她將信收進紙袋裡，起身打了電話。她暗暗祈禱，希望自己沒有做錯。

梵意連絡上還笙，他的狂喜難以言喻。

「你不瞭解……」梵意困難的解釋，「她並不是人類。」

「我早就知道了。」還笙冷靜下來，「我不怕的。我只想見見她。」他的聲音變得軟弱，「沒有她是不行的。」

她嘆息了，為了天下所有癡心者嘆息了。「我帶你去見她。」

✤　✤　✤

很謹慎的觀察還笙，發現他毫無畏懼地踏入如是的家裡，梵意的心情稍微放鬆了點。

不會有什麼事情的，不是嗎？

如是倒是很厭惡的皺緊眉，「妳怎麼隨便帶人來？這是什麼時候了……」

梵意搖搖頭，遲疑了一會兒，道：「他就是李甯會開花的原因。」

如是呆了呆，沉默了。她仔細的看了他好幾眼，看不出什麼異常。她對自己的能力向來是非常有自信的。眼前這個年輕男人，就只是個普通人類而已。

「……好吧。」她不太情願地說，「別留太久。人類是抵抗不了她的花香的。」

梵意鬆了口氣，示意焦慮的還笙隨她上樓。打開門，李甯身邊擱本書，抱著膝凝視天空，她鬢上的花苞又大了不少，儘管開著窗戶，飄蕩的花香還是充塞了整個室內，有種身在天堂的飄飄感。

聽到腳步聲，她轉頭，唇上淡淡的微笑凝固了，她的臉孔「刷」地變得慘白，又馬上漲得桃紅。

還笙。

在這段被花香無奈禁錮的日子裡，她沒有任何事情可以做，除了看看書，望著遼闊的天空，更花許許多多的時間想念他。

那個孩子……有著早熟憂鬱的孩子，一直陪在她身邊，一點一滴的長大，每一天，每一月，每一年。她完全想不起來從什麼時候開始對他動心，也想不起從什麼時候他變得那麼重要。

一直這麼珍視，一直這麼疼愛……從什麼時候，疼愛讓時光醞釀出另一種風華，讓她的目光再也移不開了？

等到她非離開不可的時候，她才發現自己的心情。那一刻……那一刻除了痛苦和哀傷外，她也感受到極深的甜蜜和惶恐。

她怎麼可以這樣對待珍視的「家人」？懷有這種心情，她有深刻的罪惡感，混合著甜蜜和罪惡感的不安定，才讓她毀壞了封印吧？

緩緩的下了窗台，她克制不住的往前兩步，卻再也無法前進。激動的還笙趨前，她卻恐懼的後退，掩住鬢上的花苞，「不、不要看我……」

「妳笨蛋啊！」還笙握拳吼了起來，「需要這樣跑到不見蹤影嗎？我早就知道了，早就知道了啊！妳以爲我是誰啊？我是還沒出生就先死過的人哪！我我我……」他一把抓住李甯，「妳總得聽聽我的解釋呀！我愛妳很久了，妳怎麼那麼遲鈍哪？我的心裡從來沒有別人……」

李甯僵直了好一會兒，伸手顫顫的摸了摸他的臉龐，但是還笙卻把眼睛閉起來，全身顫抖。

「快逃……快離開我！」他突然將李甯一推，嘶吼著抱住了頭。

「還笙？」李甯怔了怔，「怎麼了？」

「別過去！」梵意慌張的將她一拉，推到身後，「師姊！」不等她的叫喚，如是已經掏出槍，射向在地上打滾的還笙。

「別殺他！爲什麼？」李甯氣急敗壞的衝上去，卻被梵意架住，「爲什麼要傷害他？他……」

她的聲音漸漸低了下來，目瞪口呆地看著突然長出長髮的還笙，長髮上糾纏著閃亮亮的幾顆子彈。他在變形，像是有巨大的蛇潛伏在他的皮膚底下，他扭曲著臉孔吼叫，脆弱的皮膚承受不住，紛紛出現裂痕，一滴滴的滴下血來。

「不可能！」如是大叫，「在我的領域之內……」

「這種兒戲的領域有什麼好怕的？」還笙的聲音變了，表情也變了。他原本就是美少年，相較於全身破裂扭曲賁張的肌肉，他的臉孔變得更美更豔，一種恐怖的妖美。

妖獸般的身體，卻有著少年絕美的頭顱，怎麼看都覺得非常恐怖。不知道什麼時候，無名者侵襲了還笙，將他的身體佔據了。

如是受到的打擊特別的大。她向來自信滿滿的絕對領域，卻輕易的被破除了。這種自信，讓她在槍林彈雨中談笑用兵，因為她相信自己的力量，這是第一次，她被自己的力量背叛了。

當妖獸的手臂向她襲來時，她卻讓初嚐的恐懼癱瘓了肢體，站在原地看著自己的末日……

「師姊！」梵意擊出一道符，猛烈的火光緩了緩妖獸的攻擊，她趁隙將如是搶救過來，「振作點！我一個人無法保護妳們兩個！」

是……是了，她還有需要保護的人。如是猛然拍打自己的雙頰，掏出槍來，護衛在李甯的身前，雙手卻不斷顫抖。

「久違了，讓我支離破碎還是忘不了的花香啊……」變身為妖獸的「牠」貪婪地滴下口水，「嚐過一口就無法遺忘的滋味……即將綻放的妳，應該更可口了吧……」像是其他人都不存在，牠的眼中，只有李甯。

「無名者。」李甯的臉孔蒼白了，「你把還笙怎麼樣了？」

「怎麼樣了？」牠像是逗弄獵物的貓一樣，笑得無邪，卻有著深刻的殘忍，「我是個支離破碎，只能在陰影裡苟延殘喘的妖異，我能拿偉大的『死而復生者』怎麼樣？若不是他的願望和我的願望一致，若不是他瘋狂的渴求妳，瘋狂到讓我有機可趁……我能拿他怎麼樣？」

讓還笙遭逢這種被妖異附身的可悲命運居然是她？是因為她？

李甯整個心都麻木了。被巨大的自責和痛苦襲擊，她已經無法思考。她呆呆地看著梵意和如是與妖獸纏鬥，卻敵不過妖獸的強大和無情，如是的槍讓妖獸奪走，她被甩出衝破了房門，再也沒有動彈，而梵意被打斷了腿，摔在房子的另一端。

她只能怔怔的看著保護她的人、她愛的人互相殘殺，什麼都不能做。

不……還是有她可以做的事情。

「住手。」她站在窗台上大叫，腳跟已經離了窗台的邊緣。「你殺了她們，也別想吃到我了。」

「區區食物也敢這麼囂張！」無名者大怒，卻忌憚了，牠抓起動彈不得的梵意，「快下來！妳若不下來……我就將這株假妖花吃下去！」

「我若下來，你也會吃了她。」李甯瘦弱的身影在夜風中搖搖晃晃。「……還笙，你醒醒……你不醒醒，我怎麼告訴你那句話呢？」

她不相信，她不相信身跨幽明兩界的還笙就這樣被吞吃了。他的能力應該和如是相仿，是妖異所恐懼顫抖的死而復生者啊！

「還笙！」她的聲音滿是悲痛和不捨，她只是希望……只是希望再見他一面，就是這個願望讓她勉強自己活下去的。

「妳再怎麼叫也沒用。」無名者獰笑，「他的精神已經讓我吃了下去……」

牠的臉孔突然扭曲起來，額上沁出如雨的冷汗，「唔，不可能……不不不，你這個該死的東西……」牠吼叫得令人膽寒，抱住腦袋，拚命打滾，碰到的東西都四散飛裂。

應該被他困住的還笙意志，居然和無名者角力起來，爭奪著軀體的主宰權。

被摔了下來的梵意喘了喘，她有些明白了。能夠輕易騙過她和師姊，原來是還笙的奇特體質……妖異皆恐神畏魔，此外還怕跨越幽明的死而復生者。

這種跨越陰陽兩界的特殊人種，可以在塵世讓妖異眞正的魂飛魄散。普通妖異無法附身死而復生者，但是仗著高深的法力和還笙瘋狂的執念，給了無名者好機會。

就算驅除了無名者，精神面受創甚深的還笙，大概也成了廢人了。

有時候殘忍，才是眞正的慈悲。梵意喘著爬過去，撿起師姊的槍。無名者敢冒禁忌，也付出相當的代價吧！牠付出的代價就是束縛在還笙的體內，無法轉移。

「你安心去吧！」她擦了擦流到眼睛的血，「我保證，會拚命保護你最愛的人。」

「殺了我！」竭力壓制住無名者的還笙吼叫，「快殺了我！」他已經滿足了，他已經看到了李甯安然無恙……

看，現在的她，是多麼漂亮啊！

「別殺他！」李甯大叫，「別殺他……還笙，你、你要好好活下去……不要輸給無名者了……」她流著芳香馥郁的淚，卻露出今生最美麗的微笑，「我、我眞的很愛你，還笙。」

「不要！」梵意和勉強壓抑住無名者的還笙都一起叫了起來，但是李甯只是爲難的看了看他們。

「我愛你們。我眞的很喜歡這個世界。」她微笑著，仰面從二十二樓的窗台飛了下去。

飛翔，就是這種感覺嗎？在獵獵狂風中，她吐出一口氣，突然安心了。

她，自由了。

再也不用壓抑，不用害怕。其實，若是非被吃掉不可，她是希望讓還笙吃了。就算死在他手裡，被撕吃下肚……也是一種幸福吧？

成為他血中之血，肉中之肉。

但是，她不要還笙終生悲慟，背負這種莫須有的罪惡。

不要為她悲傷，親愛的人們……

她的腦海掠過一張張善良的臉孔，爸爸、媽媽、如是、梵意……許許多多善良的臉孔，最後定格在那張她看了六年的容顏。

還笙。

她不用壓抑，不必否認了……她是愛上了，愛上了一個親人般的少年，她毋須壓抑綻放的瞬間，就算只有短短數十秒……

就在她墜樓的時候，她鬢上的兩個花苞綻放了。雪白的花瓣重重疊疊，芳香得令人無法呼吸，在月下，飄蕩著。

像是一切停格了。

整個都城，都籠罩在難以言喻的芬芳中。所有的人類、千禽萬獸，一切眾生，都讓這妖花綻放的甜美氣息征服。

這瞬間，整個都市失去了聲音。

而她，美麗的妖花，從高空墜落。

第十章

一株綻放的妖花，在這個都城展現了神蹟。

或許，所謂的妖神魔靈並沒有眞正的善惡本質，而是衆生的心往那邊走，決定了他們的善與惡。

當鮮血染紅了雪白的花瓣，無心的大地也被她的花香感動，慈悲的保持她最美的模樣，但還是惋惜的拿走了她的生命。

即使軀體冰冷，那馥郁到令人失神的花香，還是飄蕩了一天一夜。這日夜間，整個都城籠罩在芳香的呼吸中，罪人抱頭痛哭，懺悔著自己一切罪惡；失和的戀人相吻，回憶起最甜美的回憶；瀕死者因這生氣蓬勃的花香，引出生存的意志力；所有爭執和醜惡，都在她的最後一次芳香中，暫時的洗滌了。

淨化了貪婪的生念，許多妖異和鬼魂竟然轉生或者安然消逝。

她的芳香像是一陣薰風，帶走了一切的悲苦。

這是一個，發生在都城，沒有人明白的神蹟。

醒過來的如是，撐著滿身的傷痕，背著無法行走的梵意搭電梯下樓，看到臥倒在血泊中，依舊美麗如生的李甯……

梵意喃喃著：「在宗教或善良的土壤裡，開出最聖潔的花朵。」

她們哀泣起來。

一聲悲慟的長吼，伴隨著一道長著寬大黑翅的影子，從高樓飛翔而下。那聲音是那樣可怕、痛苦，像是撕碎了一切，也絞痛了聽聞者的心。

變身為妖獸的還笙，又變形得更恐怖。他的背整個裂開，長出又大又黝暗的翅膀，裂開的傷痕不斷滴著血，但是他不痛，他一點也不痛。

一個沒有心的人，怎麼會覺得痛？

俯身抱住冰冷的李甯，他的身心都為之麻木了，神智漸漸遠去……

「眞可憐……」他的腦海中出現一個悲憫的聲音，虛僞的悲憫。「很痛苦對吧？失去了最心愛的人。來吧，沉睡吧……你看，她還在你心裡閃爍著。」在潛意識的虛空中，出現了李甯微笑的身影。

「這只是一場惡夢而已。」悲憫的聲音誘哄著，「她還是你的，不是嗎？只要向她走去，什麼都不要想就對了，什麼都沒有發生，她還是你的……」

茫然的，還笙走向李甯。她在無盡的黑暗中，閃著溫暖的幽光……

「對了，就這樣過去就是了。」悲憫的聲音出現了一絲興奮，「一切都跟之前一樣……」

還笙伸手，用醜惡的爪子攔腰斬斷了微笑著的李甯。

幽暗中的李甯不敢置信，臉孔變得猙獰，「你居然下得了手？你居然親手殺了最愛的人?!」

「一切都跟之前不一樣了。」還笙悲慟過度的臉孔顯得無情，「她早讓我殺了……跟我親手殺得有什麼兩樣？因爲我懦弱到相信你的謊言，愚蠢到我自認爲可以控制你，你這該死的臭鬼！」

如果他不要這樣渴求她，乖乖等她回來就好了。或許有生之年他可以見到好好的她，而不是這樣淒慘的、縱身從那令人害怕的高樓墜落……

怕不怕呢？親愛的妳……妳怕不怕？

「滾出我的身體！你別想控制我！」還笙吼叫起來，像是捲起暴風般，將附在身上的無名者逼出去，無名者哀號著，在暴風中裂成碎片。

爲什麼……爲什麼要這個時候才後悔？他抱著冰冷的李甯，還沒變回原形的他，發出悲絕的哭聲，像是受傷的野狼，對著月亮呼喊著伴侶的魂魄。

他的淚一滴滴的落在李甯的頰上，映著月，每一滴都是晶瑩的心碎。

張開寬大的黑翅，他抱著李甯飛起，梵意和如是不是不能阻止他……是不想阻止。

或許，這就是李甯要的結局吧？

如是和梵意被長官狠狠地責罵了一頓，原本出師在望的梵意被迫多修練了三年，這件事情過後，寫了快三尺厚的報告書和悔過書。

✤　✤　✤

「妳們這兩個……」長官簡直要氣炸了，「發生這麼大的事情，居然還把絕對領域也無效的妖花藏起來？這種妳們無法解決的問題，爲什麼不向上級報告？最少也聯繫一下管理者，現在都城發生這麼大的事情，我是要怎麼跟管理者交代？千叮嚀萬交代，凡事都要謹慎，不要對自己的能力太自信了，都當馬耳東風！現在呢？現在妳們打算怎麼辦？而且還發生在都城！幸好沒有釀成大禍，管理者也沒有追究，不然妳們……」

「我的確對自己的能力太自信了。」向來桀驁不馴的如是開口了，顯得那樣謙卑，「如果要降級，請連我一起處罰。我跟梵意一起從頭修練。」

長官呆了呆，火氣更大了，「好啊……妳故意氣我是吧？如是，我承認妳的能力絕無僅有，妳如果以為這樣就可以讓梵意免去處罰……」

「我是眞心的。」如是很誠懇，非常沉重的誠懇，「我的能力在眞正的高等妖異面前，根本不值得一哂。請給我從頭學習的機會。」

他定定的看著這個優異而難馴的部下，深思了起來。或許這次的事件，可以教會她一些什麼吧！

「這對妳們是有好處的。」長官語重心長。

她們兩個沉重的點了點頭。

但是，寫完了堆積如山的報告書和悔過書之後，梵意和如是被編到不同的地方修練。如是成了某個大師的助手，還是在第一線工作；梵意就倒楣多了，她被編到大圖書館，很乾扁的從頭學習裡世界的一切。

她常氣悶的想，這根本就是禁足吧？不過編輯出身的她，倒也覺得這樣的日子不是很難忍受。

最少，她有時間編纂妖花的歷史了。在妖魔凋零的時代，李甯大約是最後一株純種妖花吧？她翻閱所有文獻報告，卻再也沒有看到妖花的蹤影。

只剩下一些返祖現象的人類，譬如她自己，擁有這樣芳香的血統，提醒世人，曾經有過這麼一支弱小的妖族，摻著血淚和滄桑，在這世間，展現過最後一次的芬芳。

想到李甯，她還是感到一陣心痛。

被禁足在大圖書館的日子，她只能央求師姊妹們幫她注意生還的還笙，被這個充滿悲傷的故事感動的師姊妹，也盡力的給她訊息。

雖然訊息總是片片斷斷的。

據說，花了一、兩個禮拜，變身的還笙終於復原，很幸運的，精神面沒有受創，至於心靈，那就沒有人知道了。

不過在李甯的葬禮之後，他辦了休學。

當編纂妖花歷史感到疲憊時，梵意會支頤默想：妖花存在於世，一定有她們的意義在，這種無奈的體質，使得許許多多的妖花，選擇了不同的道路，通常都是尙未綻放就自行凋零。

爲什麼書寫歷史時，她總一遍遍想起在歷史潮流中，身不由己的飄蕩，一張張女性認命而溫順的臉孔呢？

人類的歷史幾千年，女人有自己的聲音，卻不過百年而已。之前的漫長時光，哪個女人不是尙未綻放，就默然凋零的？自古以來，愛情備受歌頌，難道不是因爲那綻放的瞬間如此稀有珍貴，才讓原本的常態成了特例？

被污名化、妖魔化，被扭曲、被鄙視，直到近百年稍有改善……但是眞的改善了什麼？依舊是不願綻放默默凋零。

綻放芬芳，只是讓男人如妖異般予取予奪，吞噬了純眞和美夢後，只剩下滿心傷痕。

這種命運……跟妖花何異？

說起來，李甯已經比大多數的女人幸運多了。她雖付出生命，卻換來了一個男人永生的悲痛和懸念。

她在最美好的一刻終止，或許可以算是幸福的。

但是……梵意還是忍不住紅了眼眶。

✤ ✤ ✤

時光漸漸的過去，一年後，梵意漫長的禁足終於劃下了句點。

離開幽深的大圖書館，她興奮得只想大叫，雖然接下來的修練一點都不輕鬆，但她甘之如飴。

在繁忙困苦的修練中，她累得沒有精神多想什麼，時光帶走許多東西，包括心痛和愁苦的回憶。

但是李甯的死卻在她心中留下一個很深的痕跡，或許還需要更多的時光才能真的洗淨。

斷斷續續的，她還是接獲還笙的消息。聽說他復學了，感到一些欣慰，卻也有些愴然。可不是？人總是要活下去的，總是要拋開一些什麼……

但是他拋去了付出生命的李甯。到頭來，除了她們這些女人，沒人記得那株渴望當人類的妖花。

「他念什麼呢？」梵意隨口問著。

「在一所偏僻的大學念園藝。」派駐在台灣的師妹笑了笑，「聽說畢業要幫家裡的忙。」

幫家裡的忙？梵意呆了呆。還笙他父親不是在營造廠當工地主任嗎？

她壓抑不住好奇心，趁著休假時，回台灣一趟，偷偷探望還笙。

照著地址尋去，只見是個很大的苗圃，園裡有各式各樣的奇花異卉，她看見了還笙，和還笙年輕英俊的爸爸。

兩個大男人揮汗鋤土，正在整理苗床。

各色花卉飄蕩著香氣，互相影響著，然而這樣複雜的香氣卻交會出一種熟悉的芳香，像自己身上的味道……

或者是李甯的味道。

看著還笙蹲在苗床，溫柔地一株株移苗，像是拿著什麼珍寶一樣……梵意的聲音哽在喉頭，她沒辦法說話，怕說話就會隨之以淚。

竟癡心若此。他打算將死去的李甯「種」出來嗎？

梵意從來沒有發現自己是這樣的脆弱，她居然摀著臉，一路哭回台北，心情久久不能平復。

這都城，還是保有一些永恆，一些傳奇。

✤　✤　✤

修練無歲月，一天天，一月月過得極快。她漂泊在世間東奔西跑，幾乎沒有什麼朋友聯繫得上她，所以，當她接到還笙寄放在出版社的信件時，已經過了五六年，她可以獨當一面了。

看到還笙的筆跡，她感到一陣溫暖和感傷，卻不再痛苦。還笙溫柔對待幼苗的表情……已經回答了許多言語無法表達的事情。

梵意姊姊：

不知道妳此刻人在何處？我必須要感謝妳帶我去見李甯……最少我們在最後的時刻，瞭解了彼此的心意。

李甯常說，妳是她這輩子最好的朋友。

她的葬禮妳沒到，沒辦法告訴妳那天之後的事。

其實我自己也不是很明白，感覺像是在夢中。那天我渾渾噩噩的飛回家，將我爸嚇了一大跳，但他還是認出我，沒有報警——雖然菜刀已經拿出來了，哈哈～～

我那時已經半瘋狂了，老爸就算揍我、踹我，勸我還是罵我都沒感覺，也沒人可以讓我放開李甯。

這個時候，李甯耳上的花瓣已經凋零，出現了一個翠綠的種子，爲了安慰我，我老爸哄我說，既然她會開花結果，那就把她種出來吧！

那時快發瘋的我，居然信了他的鬼話，很愼重的把種子種進土裡。

我想，之後發生的事情是奇蹟，是上天憐憫的奇蹟吧！

那顆種子只花了兩天兩夜，就發芽、茁壯、開花結果了。

那是個像是小玉西瓜大小的果實，隱隱的，果實裡有嬰兒的哭聲。

希望妳不要以爲我瘋了——其實我跟我老爸都以爲我們瘋了。我們小心翼翼地切開果實，裡面是個小女嬰，不斷地哭泣著。

我第一眼看到她就知道，她是李甯。我眞的、眞的把她「種」出來了。

兩個大男人手忙腳亂地帶小孩，其實是滿好笑的。我老爸自稱自己育兒經驗豐富，其實也很沒用啦！

轉生後的小甯，幾乎沒有任何記憶。不過，她常常凝視著我，很久很久，幼兒露出若有所思的表情，實在有點奇怪。

啊，她現在叫作「傅甯」。爲了解決上學的問題，我老爸收養了她。這下子我頭疼了，成了她的「哥哥」，將來是怎麼結婚啊？不過這也是未來的事情，將來再說吧！

將她一點一滴的帶大，我常常在想：我愛前生的李甯多些，還是今生的傅甯多些？已經沒有前世記憶的小小妖花，將來會不會愛上其他人？

若有那一天，我大約會又傷心又高興吧！

只要她幸福就好了。只要她，好端端的活在這世上就好了……

雖然她現在會撒嬌地說，將來要嫁給我當新娘，但是相差二十歲，那時我恐怕就是老頭兒了，眞能給她幸福嗎？

我不知道呢！

現在我只想珍惜跟她在一起的每一天。她記不記得，都沒關係。

爲了她，我和老爸共同開闢了一個苗圃。

一片樹葉要藏在森林裡，一株美麗的花朵，應該藏在沒有盡頭的花園。

我正在開闢那個花園，直到沒有邊際。

還笙

梵意看著這封信，一滴滴的淚水滴在微皺的信紙上。

啜泣很久很久，卻分不出是悲傷的喜悅，還是喜悅的悲傷。或者都有吧？她決定，馬上請假飛回台灣。

去看看那個沒有邊際的花園，和那個癡心到種出奇蹟的園丁。

以及那朵芳香馥郁，世上最後一株的妖花。

她起身，急急地奔向機場……

作者的話

書寫妖花的時候，我常常有種感覺。

這不是一部完美無缺的作品，卻是我會非常喜歡的作品。或許表面上我在書寫妖花，事實上，我是在哀憐許多女性的飄零吧！

每每看美人傳記，我都很感慨，或者懷著隱然的憤怒。我不懂，君王無道，為什麼最後都是君王身邊的美女扛下一切罪孽？褒姒不過是不願意笑，烽火台不是她要求點的，亡國的戰禍事實上也跟她沒關係，她不過是個被君王買下來的女奴。

但是周亡的罪孽記在她身上。

陳圓圓身不由己被擄，衝冠一怒為紅顏，讓清兵入關的又不是她，但是明亡的罪孽也算在她身上。

紅顏禍水……紅顏也只是紅顏，真正的禍水，難道不是那些男人？何以最後都讓這些女人承擔歷史上的罵名？

身在男尊女卑的封建社會，紅顏從來都如飄風之絮，只能依賴當權者的寵愛保護。和平時，她們只是美麗的玩物；戰亂時，男人可以輕輕鬆鬆的將罪過推諉在她們頭上。

她們也只是「紅顏」，只是不幸的「妖花」。

我很感慨。

這種感想累積在心裡很久了，只是不知道該用什麼形式表達。

後來，我遇到一株「妖花」。

正確的說，她只是個普通女孩，但是年紀尚幼的她，已經在情路上坎坷多回了。每次靠她近些，就會聞到很淡然的芳香，事實上，她既不擦香水也不用香膏，這種淡淡的香氣卻跟了她不少年。

容貌溫潤，行動間充滿香氣，青春而年少，但美女並不是愛情保證班，反而多受苦楚。

在她情傷後痛哭之際，我像是看到含苞待放的花朵，卻飽受風雨折磨，而這風雨，化身為許許多多滿口甜言蜜語的男人。

基於這種感慨，我終於動筆寫了。

我不覺得寫得很好，但是我寫下的每一字一句，都在心頭琢磨許久。

或許，我不是美人，也從來不知道當美人的滋味，但——

不是紅顏，亦命薄。我為天下女人同聲一哭。

書寫完之後，我覺得很輕鬆。我不知道會不會遇到那個癡心的園丁，但是，我勉勵自己，我不當妖花，也不願命薄。

我想，要當個完整的女人，得先學會當個人類才行。

正在努力中。

寫完這部以後，我發現這系列的小說似乎都跟「舒祈」、「得慕」有關連。我想許多讀者會有點丈二金剛摸不著頭緒。

事實上，只要是我的現代架空奇幻，幾乎都肇因於我寫過的一本書——《舒祈的靈異檔案夾》。現在要找書大約很困難了，但是可以到網路上搜尋看看，應該可以找到文章。

簡單說，我很早就設定了整個架空世界：都城的管理者葉舒祈，身為人類卻擁有在電腦裡開設檔案夾，收容孤魂野鬼甚至妖異的能力；至於得慕，是她第一個收容的人魂——得慕因車禍成了植物人，魂魄飄起來，因緣際會到了舒祈這裡。

之後發生了一些故事，讓舒祈的世界慢慢擴展開來，最後成了我寫奇幻的根源。

希望這樣簡單的說明可以讓讀者容易懂一些。

我也將沒有收錄在《舒祈的靈異檔案夾》裡的一篇小小說，放在這本後面吧！主角是女丑，也就是無名者的老師。

即使擁有大神通，還是充滿迷惑的眾生。

希望各位會喜歡。

舒祈的靈異檔案夾——香消玉碎別人間

聲容宛在耳邊縈，言猶在耳不見人；
香消玉碎成鬼神，香消玉碎別人間。

半嘆息的，她唸出了最後幾句。一片寂靜中，有聲幽咽傳進她耳朵。

天之傷的弦月，蜿蜒著蒼白的傷口。這樣的夜，聽到這樣的幽嘆，並不意外。

舒祈停了停，望向黑黝的窗外。「可有所感？願入內一談？」

沉默。窗外幽怨的身影躊躇了一會兒，搖了搖頭，「我還沒有停駐的意思。」

頓了頓，「請問……這是什麼？」

「這是《陰陽師》付喪神卷的一篇。妳想看嗎？妳若想看，我可以化給妳。」

安靜了一會兒，幽幽的聲音又起：「你們的文字我沒辦法閱讀，可否唸給我聽？」

舒祈試著分辨窗外的幽魂，卻發現自己無法辨識。古老到無法辨識。但是有一種親切，一種感傷，在這天傷弦月的夜裡，讓她的心也隨之柔軟。

「我並不是一個優秀的朗誦者。」她坦白，「妳可能會覺得無聊。」

「不，妳很好，很好。妳懂得……所以很好。」幽魂一聲啜泣似的嘆息。

舒祈唸了起來：「日復一日病相思，日復一日病相思……」

這是一則關於被拋棄的女人化身爲鬼的故事。幽魂聽得很專注，時而詢問，看起來，她似乎不太明白日本的一切，但是依舊出神了。

舒祈唸完最後一句：「香消玉碎別人間。」萬籟靜默，只有夜風，嗚嗚咽咽的吹響了天傷的長空。

「好像是兩篇文章的結合。」好一會兒，幽魂才開口，帶著濃重的哭音。

「是。這位日本作者從能樂謠曲和《鐵輪之女》結合過來的。」

「任何地點、任何時光，都會發生相同的事情嗎？」幽魂靜默良久，「就謠曲再唸一遍好嗎？」

舒祈點點頭，又就謠曲唸了一遍。

她很知道自己沒有朗誦的天賦，只能平平板板的唸過去，但是……像是過往的傷揭破了皮，以爲痊癒了，但是瘢痂之下依舊血肉模糊。

輕輕的唸完，她意外的發現自己淚盈於眶，而窗外一點聲響也沒有，只有點滴水珠跌碎的輕聲。

是夜露，還是破心的蜿蜒血淚？

聲容宛在耳邊縈，言猶在耳不見人；

香消玉碎成鬼神，香消玉碎別人間。

窗外的幽魂隱在黑暗中，揮袖曼舞，手上有著模糊的影子。那樣曼妙的曲線，莊嚴卻悽楚。

舞罷，凝在半空，月華滿映，卻照不亮她周遭的暗晦。

「多謝。」她在窗台放下些什麼，便消失了。

舒祈打開窗戶，看到了一根極長的鳥羽，乍看宛如孔雀羽毛。

拿起來，光華潤瀆，輕盈得像是沒有重量，輕輕一揮，便颾起桌上的書啪啪翻頁。

是風羽，或說，鳳羽。

拈著那根鳳羽，她像是了解什麼了，輕輕的顰起眉。不多久，遠遠的傳出救護車的哀鳴，她傾聽，就隔了兩條巷子，有女人瘋狂悲哭的聲音。

站在窗前許久，夜風撲著她的臉，她想起將近半生前的那個夜，和幾乎相同的哭聲。

天傷的夜晚，許多女人都在啜泣，時光、朝代不斷的前進，這哭聲，卻永遠沒有改變。

✤　✤　✤

「舒祈！妳聽說了嗎？」第二天，得慕從外面衝了回來，「昨夜有鬼祟附身，差點弄出人命來！」

「哦？」舒祈淡淡的回答，十指如飛的在鍵盤上游移。

「妳也驚訝一點！」得慕生氣了，「想想看，居然有可以把結界張開來讓我們察覺不到的鬼祟欸！據那戶的地基主說，她怕得要死，連動也不能動……」

「有人死了嗎？」舒祈依舊淡漠。

「那倒沒有。」得慕嘆口氣，「被鬼附身的那個女人，本來打算把移情別戀的丈夫殺死的。大概是天良未泯吧？最後關頭清醒了過來，叫了救護車。哎，這不是重點啦！重點是這個鬼祟不知道是何方鬼神，不能讓她在我們轄區亂來……」

「香消玉碎成鬼神，香消玉碎別人間。」舒祈喃喃著。

「什麼？」得慕沒有聽清楚。

「沒什麼。」舒祈的表情更冷漠了，「我只是排版工人，沒有什麼轄區。」

「舒祈！」

她卻將鍵盤一推，走了出去。

沒有死嗎？她將機車騎得飛快。那個男人沒有死？

往事轟然的撲了上來，亂烘烘的在腦海裡盤旋成漩渦。

男人在變心的時候成爲鬼，女人在傷透心的時候成爲鬼。

她曾經痛苦的啜泣、嘶吼，恨不得啃噬那隻鬼的血肉，剜出他的心問問：爲什麼？爲什麼？這種洶湧的痛苦，在別人的眼底是不算什麼的。

只有經歷的人才知道，那種身心俱焚、烈火無盡的煉獄。

恨不得自己成爲鬼魅，恨不得別人間，恨不得親手殺了那個化爲鬼的……曾經是最親愛的人。

這種心情，她懂，她很懂。

只是……她做不到而已。她的自尊讓她做不到。讓淚盡繼之以血，血盡心枯，就平靜了那股憤怒，然後痲木的遺忘，一切都可以遺忘。

「我沒有遺忘。」幽魂幽幽的聲音在她後座響起，「血被曬乾了，也沒有遺忘。所以……」

「痛苦嗎?還很痛苦嗎?」她催油門,繼續在空無一人的大道上奔馳。

「只剩下憤怒。但是我忘了……那個人很久很久以前就不在了,很久很久以前,久到任何事情都沒有了……」她的聲音茫然哀傷。

「來我那兒。」舒祈邀請她,「來我那兒,我給妳個世界安棲。」

幽魂輕輕搖搖頭,「這麼多年,我只記得憤怒,但是忘了多看看,多看看……渡過多重海就是日本嗎?」

「嗯。在北海之北。」她調轉車頭,往金瓜石的方向騎去。

抵達金瓜石的時候,月傷已經西沉,萬物依舊沉眠。

「我叫丑。」她飄飄的飛起來,伸手召喚,一隻巨大的魚從海裡躍出,有手有足,長了一張獰惡的臉。

背著光,卻看不見丑的臉龐。

十日當空,爲祈雨而被晒死的女丑?舒祈驚異了。橫越上古的傳說,她居然見到了遠古法力強大的巫女。

「被晒死之前，我的心已經枯死了。」丑恍惚了一下，「我想不起來他是誰了。怎麼苦苦哀求流淚痛嚎，他只拂袖而去……我本來可以說服日烏，我本來可以喚雨的，但是我什麼都沒有做，只是呆呆的望著天，我是自己願意被晒死的。」

她回眸，背光中，只有眼如月光蕩漾，「妳若願學，我可以將所有的咒都教給妳。」

「我不願學。」舒祈的臉上，有著與丑相同的悽楚。

相對無言，波濤拍岸，聲聲似嘆。

「不用學，妳也會了。」丑輕笑，「咒語不過徒具形式，打動鬼神的心，卻必須經歷鬼神的路途。妳會了，妳早就會了……」

半空中，丑輕慢的唱著古老的調子，揮袖揚羽，這是「鎮魂曲」。像是所有的哀傷悲切都被洗滌，騷動的魑魅魍魎，都讓這溫軟的歌舞鎮住，齊齊安靜的流淚。

「我可鎮八荒九垓，上天入地，但我鎮不了自己的心。我鎮不了我愛上某人的心。」丑笑著哭著，舞影凌亂，歌聲慟悲，「香消玉碎爲鬼神，香消玉碎別人間……」

她舞上陵魚，朝北飛去。

「日復一日病相思，日復一日病相思……」舒祈取出貼身放著的風羽，且歌且舞，遊魂們放聲齊哭，尤以女鬼哭得最慘。

繼續鎮魂，在這波光粼粼的天傷月夜。

她的臉上，有淚……

國家圖書館出版品預行編目資料

妖花／蝴蝶著.--初版--台北市：春光出版：
家庭傳媒城邦分公司發行；2007 (民96)
面；　　公分.--
ISBN 978-986-6822-46-9（平裝）
857.7　　96020526

妖花

作　　者／蝴　蝶
企畫選書人／黃淑貞
責 任 編 輯／李曉芳

版權行政暨數位業務專員／陳玉鈴
資深版權專員／許儀盈
行 銷 企 畫／陳姿億
行銷業務經理／李振東
副 總 編 輯／王雪莉
發 行 人／何飛鵬
法 律 顧 問／元禾法律事務所　王子文律師
出　　版／春光出版
台北市 104 中山區民生東路二段 141 號 8 樓
電話：(02) 2500-7008　傳真：(02) 2502-7676
部落格：http://stareast.pixnet.net/blog　E-mail：stareast_service@cite.com.tw
發　　行／英屬蓋曼群島商家庭傳媒股份有限公司城邦分公司
台北市中山區民生東路二段 141 號11 樓
書虫客服服務專線：(02) 2500-7718 / (02) 2500-7719
24小時傳眞服務：(02) 2500-1990 / (02) 2500-1991
服務時間：週一至週五上午9:30～12:00，下午13:30～17:00
郵撥帳號：19863813　戶名：書虫股份有限公司
讀者服務信箱E-mail: service@readingclub.com.tw
歡迎光臨城邦讀書花園　網址：www.cite.com.tw
香港發行所／城邦（香港）出版集團有限公司
香港灣仔駱克道 193 號東超商業中心 1 樓
電話：(852) 2508-6231　傳眞：(852) 2578-9337
E-mail : hkcite@biznetvigator.com
馬新發行所／城邦（馬新）出版集團　Cite(M)Sdn. Bhd
41, Jalan Radin Anum, Bandar Baru Sri Petaling,
57000 Kuala Lumpur, Malaysia.
Tel: (603) 90578822　Fax:(603) 90576622　E-mail:cite@cite.com.my

封 面 設 計／ Ancy Pi
插 畫 繪 製／平凡・陳淑芬
印　　刷／高典印刷有限公司

■ 2007 年（民 96）10 月 29 日初版
■ 2020 年（民 109）5 月 5 日二版
Printed in Taiwan

售價／300元

城邦讀書花園
www.cite.com.tw

ISBN　978-986-6822-46-9

104 台北市民生東路二段 141 號 11 樓
英屬蓋曼群島商家庭傳媒股份有限公司
城邦分公司

請沿虛線對折，謝謝！

愛情 · 生活 · 心靈
閱讀春光，生命從此神采飛揚

春光出版

書號： OF0010X	書名：妖花

請於此處用膠水黏貼

讀者回函卡

謝謝您購買我們出版的書籍！請費心填寫此回函卡，我們將不定期寄上城邦集團最新的出版訊息。

姓名：________________________________

性別：□男　□女

生日：西元____________年______________月________________日

地址：____

聯絡電話：______________________　傳真：______________________

E-mail：____

職業：□ 1. 學生 □ 2. 軍公教 □ 3. 服務 □ 4. 金融 □ 5. 製造 □ 6. 資訊

□ 7. 傳播 □ 8. 自由業 □ 9. 農漁牧 □ 10. 家管 □ 11. 退休

□ 12. 其他 ____

您從何種方式得知本書消息？

□ 1. 書店 □ 2. 網路 □ 3. 報紙 □ 4. 雜誌 □ 5. 廣播 □ 6. 電視

□ 7. 親友推薦 □ 8. 其他 ________________________________

您通常以何種方式購書？

□ 1. 書店 □ 2. 網路 □ 3. 傳真訂購 □ 4. 郵局劃撥 □ 5. 其他 _____

您喜歡閱讀哪些類別的書籍？

□ 1. 財經商業 □ 2. 自然科學 □ 3. 歷史 □ 4. 法律 □ 5. 文學

□ 6. 休閒旅遊 □ 7. 小說 □ 8. 人物傳記 □ 9. 生活、勵志

□ 10. 其他 ____

為提供訂購、行銷、客戶管理或其他合於營業登記項目或章程所定業務之目的，英屬蓋曼群島商家庭傳媒（股）公司城邦分公司，於本集團之營運期間及地區內，將以電郵、傳真、電話、簡訊、郵寄或其他公告方式利用您提供之資料（資料類別：C001、C002、C003、C011等）。利用對象除本集團外，亦可能包括相關服務的協力機構。如您有依個資法第三條或其他需服務之處，得致電本公司客服中心電話 (02)25007718請求協助。相關資料如為非必要項目，不提供亦不影響您的權益。

1. C001辨識個人者：如消費者之姓名、地址、電話、電子郵件等資訊。
2. C002辨識財務者：如信用卡或轉帳帳戶資訊。
3. C003政府資料中之辨識者：如身分證字號或護照號碼（外國人）。
4. C011個人描述：如性別、國籍、出生年月日。

請於此處用膠水黏貼